世界少年经典文学丛书

奇怪的大鸭蛋

[美]巴特沃斯　著

赵　喆　编译

中国出版集团　现代出版社

图书在版编目（CIP）数据

奇怪的大鸭蛋／（美）巴特沃斯著；赵喆编译. —北京：现代出版社，
2013.2

ISBN 978 - 7 - 5143 - 1280 - 5

Ⅰ. ①奇…　Ⅱ. ①巴…②赵…　Ⅲ. ①儿童故事 - 作品集 - 美国 - 现代
Ⅳ. ①I712.85

中国版本图书馆 CIP 数据核字（2013）第 021759 号

作　　者	巴特沃斯
责任编辑	刘　刚
出版发行	现代出版社
通讯地址	北京市安定门外安华里 504 号
邮政编码	100011
电　　话	010 - 64267325　64245264（传真）
网　　址	www.xdcbs.com
电子邮箱	xiandai@cnpitc.com.cn
印　　刷	三河市嵩川印刷有限公司
开　　本	700mm×1000mm　1/16
印　　张	9
版　　次	2013 年 2 月第 1 版　2021 年 8 月第 3 次印刷
书　　号	ISBN 978 - 7 - 5143 - 1280 - 5
定　　价	29.80 元

序 言

孩子是未来的希望，是父母心中的天使，是充满快乐的精灵。小学阶段更是孩子最快乐的时光，是孩子成长发育的黄金阶段。为了让孩子学习更多的课外知识，享受更加丰富的学习乐趣，我们策划了本丛书！

从小让孩子多读课外书，对培养孩子健康的心态和正确的人生观无疑将起着非常重要的作用。自《语文课程标准》公布以来，不少富有敬业精神、有才干的教师，在他们的教学中，担当起阅读教育的重担。他们在严谨的选材中，利用丰富的文学资源，向学生推荐了大量优秀的课外读物，实施了以"练成阅读和作文的熟练技能"为重要内容的阅读教育。大千世界充满了丰富的知识。阅读能丰富小学生的语文知识，增强阅读能力，提高写作水平，开阔视野，增长智慧。阅读本丛书，能够使孩子享受到阅读的快乐，激发起更浓厚的阅读兴趣，孩子的生活将充满新的活力与幸福！本丛书精选了世界名著和中国经典书目中流传最广、影响最大、最脍炙人口的作品，是培养小学生理解能力、记忆能力、创造能力的最佳课外读物。

最后需要指出的是，本丛书把世界上流传甚广的经典童话、寓言等也尽收其中，并将这些文学作品重新编写审订，使作品在不影响原著的基础上更适合少年儿童阅读，在丰富他们课余生活的同时提高语言和文字表达能力。本丛书通过科学简明的体例、丰富精美的图片等有机结合，使小读者不仅能直观地领略作品的精髓，而且还能获得更为广阔的文化视野和愉快体验。希望本丛书能成为孩子生活的一缕阳光照亮孩子前进的道路，能成为一丝雨露滋润孩子纯净的心灵。

编 者

目　录

奇怪的大鸭蛋

小红马

奇怪的大鸭蛋

第一章

　　我的名字叫作内特·特威切尔。自从去年夏天在我们自由镇发生了一件惊天的大事之后，大概不少人也都听到过这个名字了吧。自由，就是我住的这个小镇的名字。它位于新罕布什州，很小，只有一条街，沿街也只有那么几间房子，一座教堂和一家杂货铺，就再也没有其他什么了。我们的小镇距离缅因州大约才只有三英里。爸爸说，自由镇虽然小，但是也是跟康科德市一样，都是我们州的一部分。再说了，靠边一点的地方，也总得有人在那里住呀。

　　我爸爸在镇上办了一份报纸，名字叫作《自由哨兵》，每星期出版一次。我们每天要把许多份报纸分别寄给中欧士彼和依芬汉等地的人们。我猜想，这份报纸大概赚不了几个钱，所以我们养了一头山羊，一些鸭子，还开辟了一个菜园子，可以稍微赚一点外快。

　　我真正要告诉你们的是，在我们这里发生的一件非常大的事情。我真的不知道该从哪儿谈起。我想，最好还是应该从去年春天帕森斯太太开始敞开窗户说起。整个冬天她睡觉都会关上卧室的窗户，一直持续到五月，天气变暖和了，她才在晚上敞开。爸爸总是等她一敞开窗户，就开始忙着播种豆子。他说，她的窗户这会比历书还准哩。

　　帕森斯太太就住在我们家隔壁，她的窗户正对着我们鸭子窝的后院。去年春天，她就开始不停地对我妈妈抱怨，说是我们的鸭子早上老是把她吵醒。她说我们应该尽快把它处理掉。

　　第二天吃早点的时候，我们紧急开了一个家庭会议。妈妈说，我们没有任何权利，为了养活一只鸭子，吵得四邻不安。爸爸说，打扰邻居的权利嘛，我们也许还是有一些的，不过最好还是别去打扰帕森斯太太，因为她允许我们在她的后园子里放山羊。我妹妹（辛西娅）说，那只可恶的鸭子，她才懒得管哩。我听了有点儿想冲她发火，因为我们养这只鸭子到现在已经六年了，我非常喜欢它。它是我叔叔朱利叶斯特地从他的农场（在波特普雷斯）带过来送给我们的。这只鸭子的品种是"新罕布什红"。从它的眼神里可以看出它野性未改，一有机会就猛烈拍打着翅膀，还追着我妹妹，难怪这只鸭子会招她的恨。

　　我说，我们无论如何也得赶快想个办法，让它不在晚上乱叫。要是能办到的话，我们还能继续养活它，帕森斯太太也能够睡好觉，那样大家都相安无事了。

　　"可是，你怎么能让鸭子不去乱叫呢？"爸爸追问大家。

　　"难道我们不可以在晚上把它关在什么地方吗？"我建议说，"比如说，把它关在地窖里，那儿非常黑，它就不会乱叫了。"

　　妈妈向来就不怎么喜欢在屋里养鸭养鸡，所以虽然我提出保证每天打扫鸭子窝，她也不同意。爸爸却说，我们不妨去试一下，看看效果怎么样。"说实在的，"他说，"我们总不能不经审讯就判决它。要是我们在自由镇这么干，那我们可就给我们国家其余的地方开了一个相当恶劣的先例。"

　　最后，妈妈勉强同意试一下。我的任务就是每天晚上把伊齐基尔拎到地窖去，等第二天早上再放它出来。我们称呼这只鸭子叫作伊齐基尔，用的是我大爷以前的名字。爸爸说过，在我们家里，特地保留这样一个名字，是很必要的。

　　一个月之后，每天晚上我把伊齐基尔关进地窖，等第二天再放它出来。伊齐基尔一点儿也不喜欢地窖，一到黄昏我去捉它的时候，它就闹腾得非常厉害——每当我把它从鸭子舍里抓起来，它就叽喳乱叫，还用翅膀扑打我的脸，尘土和鸭毛飞得满天都是，母鸭们也被它搅得乱哄哄的。每天都去这么干，我可真有点儿腻了。有时我会不自觉想，为一只鸭子这么折腾自己，到底值不值得。可是又有什么办法呢！这个是我自己出的主意。所以，现在说什么也不能打退堂鼓，会让人笑话的。所以我一直坚持着。久而久之，在地窖周围，鸭毛也就多了起来。有时候，大约在凌晨三点左右，你会听到老伊在下边大声呐喊，家里的人也就不再为此说什么了。

　　大约是在六月中旬，一件奇怪的事情发生了。一个星期以来，我就注意到院子里有一只母鸭子相当古怪。它的身子鼓得很大，而且有些歪斜，全身的羽毛全都竖起来，一只过于焦躁不安的母鸭子不能平静下来的时候，就都是这个样子。爸爸认为它应该想要孵蛋，告诉我得把它从那个窝里轰走，不过据我看来，事情似乎没有那么简单。它变得那么大，简直就快走不动了。所以每次它爬到窝里去的时候，我都不忍心去把它撵走。就这样，整整一星期它都坐在那里，而且肚子也越鼓越大，连它自己也对此越来越惊奇了。有一天早上，当我带伊齐基尔到鸭子院去的时候，我看了一眼鸭子窝，看看那只鸭子到底究竟怎样了。啊，我的上帝呐！它下了一个我从来都未曾见过的大蛋！差不多占满了整个鸭子窝，而那只母鸭子呢，此刻正在鸭子窝的边上，歪着脑袋，踉踉跄跄，也瞧着那个蛋，它好像也不太明白那是个什么东西。我伸手摸了摸蛋，蛋壳好像是用皮子做的，很像海龟蛋，有香瓜那么大，形状稍长，甚至可能比香瓜还大一些。

　　我跑回屋去喊道，咱们家的鸭下了个全世界最大的蛋，趁它现在还没破，大家快去看哪！大家都赶忙跑进鸭屋。我很担心蛋会不会突然没了，还好，它还在那里。而且母鸭子一直卧在蛋上面，尽它的能力把蛋捂严实了，母鸭子的样子看上去有点不知所措。好像这件事出乎它的意料，它要尽到自己的职责。所以，我对它不禁有点肃然起敬。

　　一开始，爸爸认为是我在这里头搞了点什么名堂，所以他斜着眼瞟我。当我们把母鸭子拎开，认真地看了看那个蛋以后，他们都同意它真的是一个蛋，不过这个蛋可有点奇特。爸爸挠了挠头，看看蛋，又看看我，又看看鸭子。"这怎么可能呢?"他说，"蛋和鸭子几乎一般大。它究竟是怎么生下这个蛋的呢?"

　　"我们怎么处置这个蛋?"妹妹问。

　　"它足够咱们大伙儿吃一顿丰盛的早点的，"爸爸建议说，"但是这么大个蛋，就是不知道要煮多长时间。"

"我们可不能拿它当早点，"妈妈说，"我坚决不同意在厨房里煮这种东西，它看着它像个蛇蛋。"

爸爸说："有些蛇……"。

我打断说，我们为什么不把它留给母鸭子去孵呢，这样的话我们就能知道它究竟是个什么东西了。

"我敢肯定，不是什么好东西，"妈妈说，"多半是个怪物。听着，如果孵出的是条鳄鱼，或者一条龙之类的玩艺儿，我可不允许让它在家里呆一分钟。"

"是的，特威切尔太太，"爸爸说，他对我挤挤眼，"我们就这么说定了，不许把龙什么的东西弄到屋里来。"他把母鸭子提起来，放回到那个大蛋上去。可是它在上面实在待不住，一直出溜，不得不一个劲儿地拍打翅膀，以求保持平衡。之后我们都回屋去吃早点。爸爸说，这个蛋可以使我们报纸的内容变变花样了，除了当地新闻之外，还可以添点新鲜词儿。

辛西娅并没有像我那样，为了这么个大蛋激动不已。不过如果她知道这个大蛋以后会孵出个什么东西来，我想她也会和我一样激动。

第二章

照顾这个大蛋，真是一件非常费劲的活儿。它的体积是那么大，可怜的母鸭子简直就对付不了它。你知道吗，一个母鸭子孵蛋的时候，隔一小会儿就要翻翻鸭蛋，以便均匀地把每一面都焐热。我认为，这是人人都应该知道的常识。但爸爸却说，当你在写一篇东西的时候，你千万不能理所当然。所以，如果我解释的某些事情，是你早就知道了的，那么你就可以跳过这一段，继续往下看。我估计，有些人一辈子都居住在大城市里，不太清楚母鸭子怎样照料它的蛋。我认为，最好还是听爸爸的建议，一边谈一边解释。他的话肯定不是随随便便说的，一来他会办报纸，二来他是大人，知道的事相当多。

因为母鸭子翻不动那个大蛋，所以我不得不一天去帮它翻个三四次。我还把干草严严实实地围在鸭蛋周围，给它保温。白天，我和母鸭子双方都干得很好。幸亏学校那会儿已经放假了，要不然我也干不了。事实上，我几乎就钓不了什么鱼。我刚坐上小艇，再划进伦湖，还没钓上几条偶然上钩的翻车鱼，就得匆匆忙忙掉转船头往回赶，因为翻蛋的时间很快又到了。我在外面呆的工夫如果稍微久了点，母鸭子就会变得坐卧不安，大概是盼着我能准时回去吧。开始我还怕它坚持不下来，但它还是坚持下来了。我呢，也顽强地坚持了下来。

我实在是不知道晚上该怎么办，因为妈妈说，她不允许我半夜起来。爸爸也同意她的意见。他们怕影响我休息。也许他们是对的。无论怎么样，我总要完成翻蛋的任务。我要尽自己一切努力，让这个蛋能够孵出来。这样一个机会，可不是每天都有的呀！

爸爸说，以后每天晚上就由他在睡觉之前负责去翻蛋，而早上则由我去翻，至于其他的时间嘛，就听天由命了。我原先真不知道他说的"命"到底是什么意思。有一天夜里，我的腿上被有毒的常春藤扎了一下，睡不太好。就干脆起来到鸭子屋去帮母鸭子翻蛋。你们猜我碰到了谁？或许除了爸爸之外，你们会说还能有谁呢？

他看起来有些尴尬，咳嗽了一声，说是因为天实在太热，睡不着，于是就出来看看一切是否正常。我看了眼厨房里的钟表，此时正指着三点。

吃早饭的时候，我问父亲是不是每天晚上都会起来，就像昨夜那样。爸爸手里拿着勺儿，在他的粥碗里搅来搅去，就像是在找钮扣什么的。他说，他绝对不会因为一个蛋而牺牲睡眠，不论这个蛋有多大。他又说，他因为醒了，才会到鸭子窝那儿去看看。妈妈抿着嘴笑，但是她一句话也没说。

我现在真是一点儿空闲都没有了。早上一起来，第一件事就是跑到鸭子屋去翻蛋（我们现在已经把鸭子窝单独圈在鸭子屋的一个犄角上了），还得给母鸭子先临时准备一点吃的东西，接着再往它的盆里添水，回屋时又顺便从棚子里抱一捆柴禾进去。这样一来，等到我把老伊齐基尔从地窖里带回鸭子院来的时候，已经相当晚了。我还得去给山羊挤奶，但是辛西娅说，她可以替我挤，因为翻蛋的确太辛苦了。她这回倒做得还是蛮不错，这我不得不承认，因为她一向并不太喜欢挤奶。

吃完早点之后，辛西娅帮妈妈在厨房里干活，我和爸爸一起到印刷车间去干活。如果这天会出版报纸，我就负责帮西蒙斯先生把那些报纸捆好，然后到邮局去寄，之后再骑上自行车沿街送报。其余的日子，我就负责把那些散落在地上的铅字扫起来，再扔进铁罐里去熔化它们。然后，我才可以去找乔·钱皮尼（他就住在街对面），一块儿去伦湖去钓鱼。我不得不每隔几小时，就回家去翻一下那个大蛋。把它扔下不管可是不行的。

过了大约一个星期左右，一天早上，我家来了一个人，说想看蛋。他说他是拉科尼亚报社的，打算写一篇相关的文章，来报道我们家母鸭子下的这个大蛋。我领他到鸭屋去，他拍了几张照片，提了几个问题。他还用手摸了摸蛋，但是让母鸭子给打了一下，这使他很不痛快，嘬着手指头就离开了。

过了一会儿，又来了两个人。他们自称是《基督教科学箴言报》的，这家报纸在波士顿出版发行。他们说，他们因为在报上看到了相关的报道，也想写点文章，因为他们的报纸也热衷于登这类离奇有趣的事情。之后他们拍了大蛋、母鸭子和公鸭子伊齐基尔的照片，还特地拍了一张我妹妹喂小鸭子的照片（弄的好像小鸭子老是由她喂养似的），问了很多问题。比如说吧，我们为什么管那只公鸭子叫作伊齐基尔，《自由哨兵》的发行情况怎么样，有多少人长住在自由镇，以及跟大蛋根本一点关系都没有的许多问题。之后，他们用卷尺量了量蛋的大小和长度，又用他们带来的手秤称了称蛋的重量。最后显示它横着量周长十五英寸，重达三又四分之一磅。这两个人还留在我们家吃了午饭，吃光了两大盘馅饼。

一星期过后，格雷斯姑妈给我们寄来了《箴言报》的剪报。她住在基尼城，在那边的高中教书。剪报上的大张照片就是我妹妹喂小鸭子的那张，小照片那张是那个蛋。照片下面有这样一段短文：

自由镇的巨蛋，硕大无朋

新罕布什州，六月二十四日

新罕布什州自由镇，可一个小镇，却产了一个真正的大蛋。该镇的沃尔特·特威切尔家的母鸭子日前产下一枚大蛋，可能是历史上最大的鸭蛋。特威切尔先生声称，他们的母鸭子在六月十六日产下这枚硕大无比的蛋，它在产下非凡巨蛋之前，显出某些不安的迹象。据量，该蛋周长一英尺半，重约三磅半。

特威切尔夫妇有两个孩子：女孩辛西娅，十岁；男孩内特，十二岁。特威切尔先生是《自由哨兵》报的编辑兼社长。该报发行量约为八百份。他们决定让母鸭子孵蛋，希望能够孵得成。特威切尔先生承认他不知道孵出的会是个什么东西。

"一定是惊人的东西吧。"他这样猜测。

时间过得真快，转眼之间，三个星期过去了。你也许不知道，经过这么长的时间，如果是鸭蛋就早该孵出小鸭子来了。可是大蛋却什么动静也没有。这些天来，我隔一小会儿就到鸭窝跟前转一转，但是什么都没有。爸爸在晚饭后又去了那看了三趟，也并不走运。我看上去一副愁眉苦脸的样子，妈妈说，千万不要着急，孵这么一个大蛋，肯定要比普通的蛋需要更多的时间。

又一整个星期匆匆过去了。甚至连妈妈也不再对它抱任何的希望了。爸爸也泄了气。他心里想的应该和我一样，一心希望蛋能孵出来。整整一个月了，一天傍晚，他紧绷着脸，有点闷闷不乐地看着我。过了一小会儿，他说：

"你盼着那个蛋能孵出来，内特，对吗？"

我说："是的"。

"这些日子，你每天又翻蛋，又喂鸭子，格外用心。现在看来，恐怕是要白费劲了。"

我点了点头，没有回答。

他走过来，把手放在了我的肩上。"内特，好啦。我想，人生中难免会碰上一些倒霉事的。由它去吧。不论怎么说，见到这么一个大蛋，就已经够叫人惊奇的了。"

"那你打算怎么处理呢？"妈妈问道。

"嗯——，这事儿的新鲜劲儿已经过去了，"爸爸说，"我认为，我们可以把它送给一家博物馆，他们会设法保存它，并放上一张说明的纸。说它是由新罕布什州自由镇内特·特威切尔赠——。"

"但是，我还不打算把它送到博物馆去，"我说，"我特别想把它弄个明白。它没准儿是一个需要五星期才能孵得出来的蛋，像这样一个特别的东西，你很难说出个所以然来，它可不像普通的蛋。"

"那么你到底打算等多久呢？"辛西娅问，"难道一整个夏天你都要去照看这个老蛋吗？别忘了，爸爸说今年夏天他会带我们到佛郎科尼亚诺赤那里去野营几天哩。"

爸爸在沙发上坐下，伸直了他的腿，说道："孩子呀，你在这件事情上已经用了心出了力，功劳非常大，不过就现在看来，它已经没有指望了。不值得我们再去费劲儿，你认为怎么样？"

"啊，不要。"我喊道。可是我心里很明白，我嘴上虽是那么说，实际上心里那股子失望的劲儿，远远比我所流露出来的要大很多。我暗暗下定决心，再照顾它一个星期，如果还没有结果，那就一切拉倒。

第三章

在我所见过的所有母鸭子里，我家的那只算是最有耐性的了。到现在为止它已经在蛋上坐了有五个星期，它丝毫也没有显现出甩手不干的样子。我不得不承认，我有点松劲儿了。现在我每天只去给它翻两三回——在早晚给鸭子喂食的时候，有时在午饭前后还会加一次。我认为，我已经对它不那么的感兴趣了，因为时间实在拖得太长。再说，现在天气那么暖和，我不翻那么多次其实也可以的。母鸭子大概除了晚上以外也并不需要整天都伏在蛋上了。它看上去还是那么认真尽责，这使我觉得，如果我在它放弃这件工作之前就想放弃的话，那自己未免太差劲儿了。它毕竟都没有发什么牢骚，而且它的时间比我花的时间要多很多。

不管怎样，这样一来我钓鱼的时间就比较多了。我现在没有那么在乎它了。我做完家务事，打扫了印刷车间，熔化了那些铅字，我就拿起鱼虫子罐儿和鱼竿上伦湖去。

那天早上，乔·钱皮尼和他父亲一起坐着卡车到喀乍瀑布拉木料，留下我独自一个人到湖上去。我们的小船就藏在一个沙底的小湖汊里，离公路不太远。那天早上很热，我脱了衬衫和裤子，在开始钓鱼之前，先游了一阵子泳。当我一爬上小船划出港汊的时候，顿时觉得凉快了很多，可在湖的周围，那些来避暑的人盖了一些小别墅，他们当中有些人也正出来钓鱼。这是一个很小的湖，比池塘大不了多少，有一些挺好的鲈鱼。我把船停泊在突出的岩石的外侧，在那个地方钓鱼。我拽出一条很大的蚯蚓，把它挂在鱼钩上，然后在船帮子上舒舒服服地一靠，用脚趾头夹着鱼竿的中间儿。转着圈地爱钓哪儿就去钓哪儿，不会使人感到疲劳。只要你放松，不要一个劲儿地往鱼儿们跟前凑就没问题，鱼儿它们会被吓到放轻松，它们反倒容易上钩。

今天太阳可真热。鱼儿准是都躲到荫凉的地方去了，我一条都没钓着。过了好一会儿，我突然想起了那个大蛋，以前费了那么大的劲儿，也没把它孵出来，真是叫人扫兴。也许辛西娅是对的。整个夏天当个大蛋保姆，去伺候这么个孵不出来的怪蛋，真是一点意义也没有。但是，对于一个这样的大蛋，五个星期也许还不算太长。有些鸭蛋就得孵五个星期左右。我总有一种非常奇怪的感觉，它不断地缠绕着我。我想，或许时间再充裕些，可能会孵出一个什么怪物来。

琢磨了好半天，我最后作出决定：再坚持最后一个星期，那时候恰好就到七月底了。如果它还孵不出东西来，我就放弃。

正当我下定决心作出决定的时候，忽然听到嘎吱嘎吱的摇桨声，我掀开帽檐儿四处看。发现有一条小船正向我划过来。船上坐着一个矮矮胖胖的人，戴着白帽子，穿着白衬衫（避暑的人通常都是这样一个打扮）。在五十英尺开外的地方，他停住不划了，便把船转过来，以便跟我搭话。

"走运吗，怎么样？小家伙？"他问我。他的脸又红又圆，鼻子还很短，眼镜儿几乎滑到鼻尖上去了。

我说："不怎么好。"

"我认为，今天游泳比钓鱼好。"他说。

"嗯。"我说。

"你家在附近吗？"

我点了点头。

半晌，他都没说话，我继续说："就住在镇上。"好递给他一个话茬儿。他开始向后倚着，并把胳臂肘搭在船帮子上。

"那你肯定知道哪里是钓鱼的好地方啰,"他一边说,一边咯咯笑,"我怎么也不想一想,跟你去打听,你怎么会告诉我呢。"

之后他从船底拿出一个棕色的纸袋,并打开。"我要吃午饭了。"他说,"你有没有带吃的吗?"

我摇摇头。

"来一块面包夹火腿吃吧?"他说,拿出一块给我看看,"我可不能把它们都吃了,因为我已经够胖的啦。"

我告诉他,我是说什么都得回家去吃饭。

"那实在是太遗憾了,"他说,"你如果带了饭,就省得大老远地跑回去了。"

"啊,我家住得不太远。"我说,"再说了,我还得回去负责翻蛋呢。"

他刚要咬一口面包夹火腿,在半当中停了下来,问:"你刚才说了些什么?"

我说:"翻我的蛋。"

"那应该是报上常有的夸张。让我想一想,嗯……啊……你能告诉我你叫什么名字?"

我说:"我叫作内特。"

"好的。我是齐默博士,"他说,"内特,你还记得吗?那个蛋大概是在什么时候下的。"

"它是在六月十六日下的。我是在那天早上把伊齐基尔放出地窖的时候发现的。它是我们家养的一只老鸭子。我们每天晚上把它关进地窖,因为它实在太吵邻居了。"

"哦,"齐默博士说,"我开始还以为伊齐基尔是你爷爷的名字呢!但是我总是觉得这个蛋挺有意思。它是什么样的?也像一般的鸭蛋那样,是椭圆的吗?你知道,一般的蛋,都是一头圆一头尖,那样它就不会轻易从窝里滚出来。"

"不太像。它有点像香肠。当然喽,它要比香肠大很多。"

"我应该懂,"齐默博士说,并且随手拿出一个蜡纸包着的面包夹火腿又递给我,"快吃吧。一个肚子饿着的孩子瞧我,我的饭可是消化不动哩。拿着,来吧。"

我不想跟他争论这个问题。就拿过吃了起来，我已经饿得够呛了，甚至连包面包的蜡纸都能吃下去。齐默博士也开始嚼着面包夹火腿，他嚼一口，腮帮子就会鼓一下。

"内特，那个蛋壳像什么？"

"哦，它有点像是皮子。很有韧性，要是用手指轻轻一按，它还会瘪进去些呢。"

齐默博士的一绺儿眉毛忽然上扬了起来。他什么也没和我说。他不断地嚼呀嚼，是那种很慢很慢地嚼，就像牛在反刍似的，还总是不停地朝湖对岸张望。他这样呆了好久。我认为，他已经忘了我们刚才在谈什么了吧。

"你说蛋壳有些像皮。"

我点点头。

"那简直不可能……嗯咳……简直是天方夜谭，胡思乱想，"他说，"但是……"之后他转过身，对我说，"内特，听着，你能带我去看看你的大蛋吗？你知道吗？我可以算得上是一个搜集家，我喜欢看各种稀奇古怪的标本。"

我说："当然行啊。"

于是我们划船上岸，把船系好。当我们到家的时候，家里的人正在吃饭，我直接把齐默博士带到鸭子院去。我顺手把母鸭子从窝里提出来，让它站在一边，它伸长脖子，不明白这一切是怎么回事儿。齐默博士弯下腰，用手支着膝盖，紧紧地盯着这个大蛋。他小心地用手指摸了摸它，之后轻轻地拿起来，上下左右仔细观察，然后又前后摇晃摇晃，还搁在耳朵边听了好久。最后他把蛋又放回鸭子窝，用草盖好它。好久他都没说什么，站在那儿，用手摸着下巴颏儿，冲着蛋一直皱眉头。"这是不可能的。"他喃喃地说。

我问他："您说什么不可能？"

"嗯？——啊，我是说……内特，听着，你是不是可以还能再花点时间来照顾这个大蛋呢？母鸭子它孵了它这么久，会有些厌烦了，对吧？它是六月十六日下的，让我算算……"他顺手从口袋里拿出一本小日历，"也就是说，到昨天已经有五个星期了。到二十八号就是第六个星期了。

内特，我想问一下，我可以和你爸爸谈谈吗？"

我领他到屋里去，把他一一介绍给家里的人。齐默博士向妈妈和辛西娅鞠了躬，又和爸爸握了握手。"温切尔先生，很高兴见到你。"他说。

"特威切尔。"我小声悄悄提醒他。

"是的，啊，是的，当然是特威切尔先生。不好意思，特威切尔先生。您的孩子有一个很奇怪的大蛋，我认为它是有可能孵出来。也许就在一周之内——"

爸爸说："您这样认为吗？"

齐默博士抬起手。"我是说很有这种可能。我并不打算让您抱过高的希望。不过我认为这个事情确实有很大的可能。你要知道，这个蛋可非常物，要是出一点什么意外的话，那可就实在太遗憾啦。"

爸爸微笑着说："它已经孵了一个多月了。到目前为止，真的还没有碰到过什么捣乱的事儿。"

"到目前为止，是呀。我们一定要全力保证都不会发生什么意外。您知道吗，它可能孵出一个……额，一个极为不平凡的东西呢。"

"明白了，"爸爸说，并且冲着齐默博士使了个很滑稽的眼神，"我们会再给鸭子窝周围加些铁丝，把它圈好，这样就比较保险了。"

"很好，很好。对了，还有一件事，如果要是孵出来了，麻烦您给我打个电话，好吗？我就住在麦克弗森先生家里，在湖的下头那边。一孵出来马上就来电话给我，不论是什么钟点。"

"齐默博士，一定照办，"爸爸说，"可是您认为它会孵出个什么东西呢？"

"什么东西都会有可能。我简直都不敢去猜测。我甚至不愿说出我的想象，不然你们会以为我是个疯子。我该走啦。你们继续吃你们的午饭吧。再见，我等您的好信儿。"

我们站在门口，望着他渐渐走远了。当我们又围坐在桌边时，爸爸从对面望着我，说："你来猜猜，他说的'那个不平凡的东西'会是什么？"

"我不知道。"我说。

第四章

之后一个星期过得异常缓慢。我每隔半小时就会去看看那个蛋。我很着急，很想知道究竟会发生什么事情。那个蛋还一直躺在那儿，都已经一个半月了，还是纹丝不动的。母鸭子也开始显得有点儿厌烦了，它已经不再那么关心这个大蛋到底能否孵得出来。这可是一个很坏的迹象，因为眼看就要见分晓了，怎么能撒手不管呢？母鸭子如果现在摆挑子的话，大概我就得亲自去孵化这个大蛋了。

星期六很快又到了。这个蛋还是没有一丝改变。一个早上我去看了很多趟，妈妈见了说道："内特，心急水不开。"我实在想象不出来，大人怎么能对什么事儿都可以沉得住气。到了该吃午饭的时候，我简直都快坐不住了。

爸爸看了我一会儿。"内特，告诉你，"他说，"别一个心眼儿只想着这件事，懂吗？那个老蛋万一孵不出来呢，你不就太失望了吗？我有点怀疑，咱们浪费的时间是不是有些太多了。我可从来也没听说过一个蛋要孵五个多星期。"

"可是齐默博士说它很可能在这个星期之内就孵出来。"

"齐默博士又怎么啦？"妈妈说道，"也许正因为他是个博士，所以他才未必样样懂。依我看，像他这样从小一直呆在城市里的博士，很可能连家禽的基本常识都不清楚呢。"

"孩子，这话一点不假，"爸爸说，"他可能只是一个从费城或纽约来的眼耳鼻喉科的大'大夫'也可能就是一位内耳专家什么的，可是我觉得他从上医学院起，大概他也还没有给有病的鸭蛋瞧过病呢。"

辛西娅咯咯直乐："我好像是看到了齐默博士对蛋说'快，把舌头伸出来，说，啊——'"。

我实在看不出这些有什么可乐。说实在的，如果你尽心尽力去照看一件事，那么你就不会有心思来开我玩笑。"从与他的谈话来看，齐默博士真的像是一个行家，"我说，"他说过他一直搜集蛋之类的东西。"

"我们不也是那样吗，"爸爸说，"每天捡两回蛋。"

"再说了，"妈妈说，"这个蛋可算得上是新鲜玩艺儿，我觉得他以前也根本没见过。他又怎么能说出个所以然来呢？"

爸爸咧嘴一笑："你怎么可以把孵了六个星期的蛋还叫作新鲜东西呢。它跟恐龙蛋相比也许算得上'新'。齐默博士说不定真是搜集恐龙蛋的呢。"

"沃尔特，得啦，别再耍贫嘴了，"妈妈说，"全都别再说了，快些吃吧。我还给你们做了草莓饼当作甜食。那是辛西娅礼拜四在汤普森牧场特地摘的紫黑草莓呢。"她到炉子跟前，慢慢从烤箱里拿出烤饼来，又把切面包的板子放在桌上，之后再把饼搁在上面。这时就有一些亮晶晶的草莓汁儿突然从饼皮的破口里流了出来，散发出阵阵馋人的热香味儿。

妈妈说："真是的，什么恐龙蛋！"

在吃完饼以前，我们都没有说话。吃完饭我又出去看看那个大蛋，但是什么事也没有发生。

吃晚饭的时候没有什么事，睡觉的时候也没事。爸爸晚上谈了许多关于到佛朗科尼亚诺赤去野营的事。我认为，他是想让我去分分心。说实话，我也准备给自己多吃点宽心丸了。上楼去睡觉的时候，我不断说服自己，我尝试使自己相信：即使这个蛋孵出来也不是什么大事，也许它只不过是三胞胎的鸭子之类的东西呢，没准还不是活的呢。

早上，我爬起来，显得没精打采，觉得干什么事都提不起劲儿。我努力只去想旅行野营的事，好分心不再去想这个蛋。当我到地窖去，把伊齐基尔从笼子里提出来的时候。它像平常那样，仍拍打着翅膀，四处乱抓乱蹬。当我跌跌撞撞地从地窖上来的时候，一脸的鸭毛。在楼梯口，也不知谁把拖把和水桶放在那儿，绊了我一个大跟头。伊齐基尔也从手里飞了，在厨房里转了好几圈，好不容易才把它轰了出去。所以当我把它赶到鸭子院去的时候，我几乎都已经下定决心：什么蛋啦鸭子啦之类的事，以后一概不管了。

也就是因为这种情绪，我一开始并没有注意到情况跟平常有什么不同。我到鸭子窝跟前，给那个可怜的老鸭子随意喂点食，刚要转身走开的时候，我突然一下子明白过来：对！变样啦！这母鸭子不在鸭子窝里。它一直踱过来踱过去的，目光里还透出非常狂暴的神色。它每次一走近鸭子窝的时候，立刻又会拍着翅膀跳开。我弯腰朝窝望一看——嗬！孵出来了！有了！还是活着的呢！一直动来动去的。

我开始以为是老鼠或者其他什么把蛋给吃了，但认真一瞧，真的不是老鼠。它大约有松鼠那么大，但是没有毛。它的头——我的上帝呀，当我看到它时，实在不敢相信自己的眼睛，它一点也不像我见过的其他任何东西。脑袋上竟然长了三个小刺儿，脖子上还有一个和项圈一样东西。它的样子倒是有点像大蝎虎子，在鸭子窝里来回慢慢地摆动着它的粗尾巴。老母鸭子看来是非常心烦意乱。我想，它应该跟我一样，决没想到自己的孩子是这么个玩艺儿。

我在那儿站了一会儿。我简直惊呆了。我就大喊起来，飞快地跑过院子。冲进厨房，把正在干活的妈妈吓了一大跳，手里拿的平底锅也失手掉到水池里。爸爸也跑下楼来，他胡子刚刮到一半，半边脸上尽是肥皂沫儿，左手还拿着剃刀。辛西娅紧跟在他后头。

"我的上帝！"妈妈说，"孩子，你这是怎么啦？"

"活的！"我喊道，"孵出个活的东西！团团转！头上有犄角儿，甩着尾巴，像大蝎虎子，但是没有毛。母鸭子还在它四周乱转悠，都傻眼了，它还——"

"等等，内特，等等，"爸爸说，"你不是见了鬼吧？什么事让你疯成这样子？"

我上气不接下气，有些说不出话来。"就是那个大蛋！"我说，"它，它孵出来啦！"

"什么？"爸爸也喊了起来，"你为什么不早说？孵出来了？"他马上转身出门，匆匆跑下台阶，左手还拿着他的剃刀。我一把抓住妈妈的手，拉她快跑。辛西娅跑在我们前面。可她竟然忘了穿鞋。妈妈说："为了这么一个蛋，弄得大伙儿全都乱套了。我的上帝啊！"

当我们全都走出屋子赶到鸭子屋的时候，爸爸正趴在那里，紧紧地盯着它瞧。妈妈还在说："这叫什么事，你连衣服都没穿好，就为看这个蛋孵出来的究竟是什么。我在这儿什么都看不见，实在太黑了。不论是个什么东西，沃尔特，你为什么不把它拿到外边，让大伙儿全都瞧瞧它嘛。"

爸爸还趴在那儿，死死盯着鸭子窝里的东西。他喃喃地说："真是怪了！"辛西娅也挤进来，站在了爸爸旁边。她认真一看，跟着一声尖叫，估计连邮局那边都可以听得见。母鸭子吓得拍着翅膀，呱呱乱叫，转着圈四处跑。伊齐基尔也吓得嘎嘎叫。这一下全都乱了套了，在同一时间里家禽们一齐开腔，闹哄哄的，谁也听不清谁在说什么了。

等到它们稍为平静下来一些，爸爸说："内特，你最好马上到屋里去给齐默博士打个电话。记住，他居住在麦克弗森家。"

我马上给交换台接线员打电话，请她将电话接麦克弗森家，可她却说，现在才刚刚到六点半，给度夏的人打电话实在是太早了点儿。"你真的不能再等一小会儿吗？"毕比太太客气地问道。她是接线员，她可以听出镇上每一个人的声音。

"是啊，我有件急事儿，"我告诉她，"我急着找齐默博士。他就住在麦克弗森家。他之前跟我说过，蛋一孵出来就马上通知他，无论什么时候。所以我……"

"哦，内特，你的蛋孵出来了？"毕比太太说，"真的挺有意思。孵出了什么玩艺儿？"

"毕比太太，哎呀，是个相当古怪的东西，可是您最好还是先帮我把电话接过去吧，因为齐默博士之前交待过，蛋一孵出来，马上给他去电话。"

"内特，那好吧，我马上就接。不过那些人都是从华盛顿来的，差不多没有起过这么早。"

我几乎能听到她拨电话号码的声音。电话铃响了好半天，但是都没有人接。最后终于有一个人拿起话筒，说："喂！"声音略微有点嘶哑。

"我可以跟齐默博士讲话吗？"我问。

"齐默博士？你是哪位呀？他正在睡觉。"这个声音询问。

"我是内特·特威切尔。齐默博士之前说过，蛋一孵出来就马上给他打电话，不管什么时间。"

"喂，什么蛋一孵出来？你在说什么？"

"是这么一回事儿，"我赶忙解释说，"我们这里有一个大蛋，齐默博士很想知道它孵出来后究竟会是个什么。现在蛋孵出来了。他说他是在搜集各种各样奇特的蛋。"

"啊?"这声音说,"他这么说过的吗? 真有他的, 还搜集蛋, 嗯? 那好吧, 等等我告诉他。不过真有点太早了。别挂, 等着。"

耳机里便没有了声音, 过了好一会儿才听到话筒又被拿起来了。

"是内特吗? 喂。"

"齐默博士, 是我。蛋现在到底孵出来啦。"

"是不是活的? 真的吗?"

我说:"当然是活的。"

"内特, 它像什么? 你能不能给我形容一下?"

"哎呀, 看上去样子有点像大蝎虎子吧, 可是它又有几个小犄角儿长在……"

电话里传来阵阵呼喊声, 齐默博士喊道:"我马上就到!"跟着就是啪嚓的一声, 他好像忘了挂好了电话。

第五章

当齐默博士到的时候, 我们还在死死盯着鸭子窝里的那个小东西。车一停, 他便蹦出他的小卧车, 快步跑进了我们的后院。他当时还穿着睡衣, 外面套着一件红色的裕袍, 样子很激动。

他径直跑到鸭子窝旁边朝里望。眼睛睁得大大的, 他单腿跪在地上, 瞧了又瞧, 看了又看。看了老半天之后, 他才轻轻地说:"没错儿, 就是它, 就是它。"他又盯着看了老半天, 最后他又摇摇头说:"这实在是不可能嘛, 可它又明明在这儿。"

他扫了我们大伙儿一眼, 站起来。眼睛里一直闪着光, 非常激动, 兴奋。他把手放我的肩膀上, 我感觉出来他的手在不停的发抖。"一个惊人的东西在这里诞生啦,"他低声说道,"我实在不知道怎么去解释这件事情。它一定是生物学上的某种千年不遇的反常。"

我问道:"它究竟是个什么东西?"

齐默博士转过身来, 用发抖的手指指着它说:"信不信由你, 你们孵出的应该是一条恐龙。"

我们都张大嘴瞧着他。

"听起来简直就没法相信，我理解，"他说，"我解释不了它，可是它就在那儿啊。三角龙的头盖骨我见过多次，绝对不会搞错。"

"可是——可是它怎么可能会是一条恐龙呢？"爸爸急切地问。

"上帝呐！"妈妈说话有点颠三倒四，叽里咕噜的，"就在我们家的后院里，这可不太对劲，而且还是个大礼拜天的早上。"

辛西娅现在看起来倒是挺来劲儿了，她不断地瞥着鸭子窝，冲它做着鬼脸。爸爸有一回拿了一碗田鸡腿进到厨房里面，她也是这个样子。我想，女孩子嘛，当然不太喜欢爬行动物。说实在的，我有时也不太喜欢。可是这次孵出来的，我真心有点喜欢。也许是因为我在照料这个蛋上花费了很长的时间。我似乎觉得这条小恐龙现在就像是我们家的一员。

我们全都站在那儿，看着鸭子窝里的新怪物，试图往脑子里装进这样一个新概念：我们家有了一条恐龙，还是三角龙。齐默博士的心情稍稍平静下来之后，又和爸爸两人把鸭子窝的铁丝网弄得更紧，以免这个小家伙爬了出去。齐默博士看了看那个可怜的老鸭子，他说最好还是把它拎出去，以免它看到孵出这个怪物变得精神失常。爸爸认为这是个好建议。他随手把母鸭子提了起来，扔到栅栏外边去。母鸭子开始还显得有点迷糊，但是很快地就跟别的母鸭子一起，四处找吃的去了。

"我这一辈子还没见过惊吓成这样的母鸭子。"齐默博士笑着说。

妈妈注意到我们现在的模样。"辛西娅，你现在还穿着睡衣呢！"她说，"赶快到屋里换衣服去。还有你沃尔特，你的胡子才刮了一半。我的上帝！邻居们肯定以为我们都疯了。我们还没吃早饭呢！我刚才想什么来着？齐默博士，哦，你是不是也留下来跟我们一块儿吃早点啊？"

齐默博士笑着说："啊，多谢您，那当然好啦。"这时他突然发现自己还穿着浴袍。"我也没意识到自己没换衣服呢！"

"咳，没事儿，"爸爸安慰他说，"这会儿犯不着为穿衣服这件小事去操心。如果老有恐龙孵出来，我们就宁愿总穿浴袍。"

齐默博士被我们逗笑了。我们都进屋去。妈妈已经弄了一大桌子丰盛的早点。我们大口大口地吃着鸭蛋、咸肉、热饼和蜂蜜。

吃了一会儿后，齐默博士后靠在椅子背上，一手轻轻拍了拍肚子。"好久都没吃过这么丰盛的早点了，"他说，"这么好吃的饼，真是很值得我跑几英里来吃，谢谢你特威切尔太太。"

"您应该没有什么机会踏踏实实地吃顿像样的饭吧，"妈妈对他说，"当大夫的一定非常忙，不论白天黑夜，无论什么时候都会有急症。"

齐默博士盯着她好一会儿，感到有点吃惊："这个嘛，我想您应该是搞错了我的职业。我并不是大夫，我是名古生物学家。呵呵，我的病人早在五千万年前就全都已经灭绝了。"我看见他跟爸爸偷偷地挤了挤眼。

辛西娅听后惊奇地张大了嘴巴。"五千万年——"她说，"天呐，什么古——古生，您刚才说什么？"

齐默博士看着我。"内特，你知道吗？"

"嗯，我也不知道，"我说，"或者说不完全知道。"我听得见辛西娅在一边偷偷地嘲笑我。

"古生物学家感兴趣的是非常非常古老的生命，"齐默博士说，"他到处去找动植物的化石和古老的骨头，这样就能了解在很久很久以前都有哪些生物存过。确切地说，我应该把自己称为古动物学家，因为我对动物的生活特别感兴趣——比方说，恐龙。所以，我非常急于要来看看内特的蛋孵出的会是什么东西。"

"天呐。我可从来没听说过，"妈妈说，"这么一说，就因为这点，您就认为那个蛋有可能会孵得出恐龙来。"

"那是当然啦，我当然很希望它能孵出来，"齐默博士笑着对妈妈说，"您知道，迄今为止，我们所能研究的还只是一些骨头、只是化石、脚印和牙齿等等。因此我们对于许多东西都还搞不太明白。这也很自然。一直到今天，也没有人见过一条活恐龙。事实上，1923 年罗伊·查普曼·安德鲁斯在戈壁大沙漠发现过几个恐龙蛋之前，恐怕没有人敢肯定恐龙是由蛋孵化出来的。所以您必须要清楚，从你们的后院里可以孵出来的这条恐龙极其重要，全世界的科学家们都会十分感谢内特和你们这一家人，这么小心照顾这么一个异常珍贵的蛋。"齐默博士讲起话来滔滔不绝，竟然忘了去吃他手里拿的饼，他现在才把饼掰开，抹上一点黄油。他环视了一下厨房，皱了皱眉头，说："这里很安静，很舒适，不是吗？不过，以后可麻烦了。一旦这个新闻传出去，科学界就要为之疯狂。这里恐怕马上就会大变样了。科学为人类做了很多好事。可是它做出的每一件事，差不多很少有安安静静的，不声不响的。一会儿我打电报给国家博物馆的同事们，告诉他们我已经见到了一条活恐龙，他们会立刻搭上头班飞机从华盛顿出来。然后，报上马上就会发表官方通告，紧跟着就会有一大帮子科学家们和一大群看热闹的人们从世界各地涌来，这里肯定就会闹翻了天。你们这个后院就会很快成了联运车站了。人们会踩坏你们的花坛，而且弄得满地都是烟卷盒。我可真不希望把你们的生活弄得乱七八糟的。"

"那么，我们现在是不是必须得告诉别人说我们有一条活恐龙呢？"妈妈问，"我不明白这关别人什么事。"

齐默博士微笑着，摇摇头说："他们迟早会找上门来的，特威切尔太太，不论我们是不是告诉他们。而且，我有义务把我所发现的任何事情都完全告诉我的同事们。同时我希望他们也这样对我。我们科学家是不允许互相保密的，我们不是那种人。"

"我们可以把恐龙送到动物园或者博物馆去，"辛西娅建议说，"那么，人们就会去博物馆，不会来打扰我们了。"

齐默博士上下打量着我："内特，你是怎么想的？你乐意把你的恐龙送到博物馆去吗？我能把它带到华盛顿国家博物馆去饲养吗，我就在那里工作。我担保会把它照顾得非常好的。"

"要是那样的话，我就不能看见它了，"我说，"我可不乐意这样。我虽然不是科学家，但我对它也很有兴趣。您也清楚，自己家有一条恐龙，这个机会可是很难得的。"

"好啦，内特，我不会怪你，"齐默博士笑着说，"可我认为我应该把这件事告诉别的科学家们。我们现在该怎么办才好？"

"我看这么办吧，"爸爸说，"我认为，内特费了那么大的劲儿才让母鸭子孵出一条恐龙，他想养活它，也是人之常情。我认为博士也有责任把他所知道的情况告诉给全世界。所以，齐默博士您尽管去打您的电报，我们呢，尽我们的能力尽快做好准备，来应付这种大冲击。我们也尽可能去找到一些办法，使我们不至于忙得焦头烂额。"

"让我好好想想，"齐默博士一边说，一边不停摸着他的下巴颏儿，

"怎么去安排才好呢？访问的时间要作规定，暂定从早八点到晚饭前，或者是你们认为合适的时间。其次，规定一次只能接待几个人，用来避免拥挤。再有就是电话问题。我不知道你们怎么认为。电话铃如果白天黑夜一直响个不停，那就实在太讨厌了。"

"没事儿，毕比太太会关照这件事的，"妈妈说，"有人如果晚上打电话来，她会告诉他们等到早上再打。她在这方面是很有主意的。"

"我白天可以负责接电话，"辛西娅提议说，"我可以当个秘书什么的，肯定很有意思。电话铃一响，我就拿起听筒，礼貌地说：'早上好，这里是特威切尔寓所。'然后就记下他们的姓名和说的内容。这样一来，我肯定可以学到很多东西，妈妈，对吗？"

"我可以当饲养员，"我建议说，"我会说'女士们，先生们，请往这边走。注意不要踩了喇叭花，先生。记住这是惟一活着的三——角——龙，它是世界上惟一活着的恐龙，并且——"

"内特，确切说这是已知的活着的惟一恐龙，"齐默博士说，"我们讲话一定要合乎科学。"他转向辛西娅，"年轻的女士，那么您呢，您的第一件工作现在就要开始了。有纸和铅笔吗？"

她立刻从电话匣子里抓出便条本和铅笔，接着又坐了下来。

"都准备好了吗？"齐默博士问，"我想请您帮我把这封电报打到哥伦比亚特区，华盛顿，美国国家博物馆，艾尔弗雷德·肯尼迪先生收，电报费由收报人去支付。"他等辛西娅记下来之后，又接着说："今天获得刚生的一只活三角龙。请速来。齐默（签字）。"他看见辛西娅写不出三角龙这个单词，于是就慢慢把字母一个个地读拼出来给她。然后他向后一倚，自顾自地乐开了。"要是可以看到肯尼迪读电报时的模样，那肯定很有意思呢，嘿，嘿，嘿。好啦，我要回去穿衣服啦。现在离事情宣扬开来大约还有几个钟头。午饭过后我再来。内特，我们要给你那个小动物围起一个新栅栏，再喂它点吃的。我很感谢你们热情招待我吃早点。"

他一走，妈妈立刻忙开了。"辛西娅，快把电报发出去。我收拾楼上，你洗碗。内特，你最好现在就去给山羊挤奶，然后再洗脸，赶紧换一身好衣裳。还有三刻钟我们就得上教堂去了。"

"啊，妈妈，今天我们还得上教堂去吗？"我说，"人们来参观恐龙以前，我还有很多事情要做呢。既然赶上这么重要的事情，这回不去了吧。齐默博士说过，科学界知道了这件事情肯定要发疯的，他刚才是不是这么说的？"

妈妈说："别管他，哪有这个道理，不可以因为一条恐龙就不去做礼拜。现在就这么着，赶紧去吧。"

第六章

做完礼拜之后，我望见乔·钱皮尼从他的后院走了出来。我走过去和他说话。

"乔，喂，"我打招呼，"猜猜看，我的那个大蛋孵出个什么东西来？"

"是一只鸭子？"乔猜道。

"不，不是。"

"难道是一只火鸡？"

"也不是。我给你提示吧：它是四条腿的。"

乔瞧着我，脸上挤出了几条皱纹。"不会是两只鸭子吗？"

我看他一点都不靠谱，就直接告诉他："是一条恐龙。一条活的、真正的小恐龙。怎么样，想不到吧？"

"哈哈，你接着往下编呀，"乔说，"你想唬弄谁呀？"

"是真的，不骗你。马上到我家去，你一看就知道了。它脸上还长有小犄角儿呢。"

我们穿过马路，进了我家的小后院，在恐龙窝旁边蹲了下来。乔开始并没看到恐龙，因为鸭子舍里头光线比较暗，过了好久他的眼睛才适应过来。"一条大蝎虎子，啊哈！"他一边说着，一边往后退缩，"这个就是那个蛋孵出来的？它会有毒吗？我看它一定有毒。"

"还不知道，"我说。这个问题我还得去请教一下齐默博士。它看上去应该不像是有毒的。

"你打算怎么喂养它？"乔问。

"还不清楚，"我说，"但我迟早会弄明白的，我打算驯养它。我敢打赌，全世界就这么一条家养的恐龙。"

"它不是恐龙，"乔·钱皮尼说，"它就是一条大蝎虎子罢了。你怎么会想到它是一条恐龙呢？"

"齐默博士说它就是一条恐龙。他是一位伟大的古什么科学家，并在一个博物馆工作，没骗你，他真的知道。他说这个蛋会孵出来，他也知道这是一种什么蛋。"

乔把手放在屁股上，慢慢地晃着他的脑袋。"你知道我在想什么？"他说，"宝贝儿，他准是拿你开心呢。到这儿来消夏的那些人们，都以为他们是最精明的，以为住在我们新罕布什自由镇上的人什么都不懂。他们把我们全都当作容易上当受骗的傻瓜，可以随时拿来开心解闷儿。这是我爸爸告诉我的。"

就在这个时候，我听见乔的妈妈在喊他。"哎呀，大事不好了，"乔说，"我把劈柴的活儿全给忘了。回头再见。"

我不太同意乔对齐默博士的看法。他看来不像是那种戏弄人的人。他一看到这个东西，就兴奋得跟什么似的，而且还打了一封电报到华盛顿去。

午饭过后不久，齐默博士又开着小卧车来了。当他走进后院时，我正坐在那儿看着恐龙。"内特，"他说，"我们的小怪物怎么样啦？还活着吗？"他弯下腰来，朝窝里瞧。"是的，它看来挺好。我觉得它饿了。我们最好赶紧喂它吃第一餐吧，内特。"

"它能吃什么？"我问，"是不是要用奶瓶子去喂它喝些牛奶？"

齐默博士听我这么说，呵呵笑了起来："不，我们不需要用奶瓶喂恐龙。你知道，蛇和恐龙啦、海龟啦是一样的，都是爬行动物，孵化出来后，就可以吃成年动物所吃的东西。恐龙中的三角龙是一种食草动物。我们要做的只是给它准备一些草，要不就是睡莲叶，树叶，或者莴笋——有时可以再掺些小石头子儿。"

"小石头子儿？"我问，"它能吃吗？"

齐默博士微笑着问："内特，小鸭子的牙是什么样的？"

"它没有牙呀，"我说，"只是在它的砂囊里会有些小石头子儿，您的意思就是说，恐龙也和小鸭子似的，会有个砂囊？"

"有一些恐龙是这样的。以前当科学家们挖出恐龙的骨头，会发现有些恐龙的骨头架子当中有一堆光滑的石头。开始他们并不知道这是为什么，后来才明白，这些应该是恐龙砂囊中的石头。有些大石头甚至有人的拳头那么大呢。"

"这种大动物居然有个砂囊，"我说，"真有点新鲜。"

"小鸭子有个砂囊就不新鲜啦？好啦，让我们来试试看，树叶和草，它到底喜欢吃哪一样。"

于是我们从后院的枫树上摘了一堆叶子，又从栅栏外边弄了一大捧草。我们把草和树叶堆成两堆，小心地把窝儿端了出来，放在旁边，那样恐龙就可以爬出来——假如它想出来的话。然后我们坐在一边观察。我认为，小恐龙是看到了食物堆，它爬过来了。它的腿看起来似乎还有点软，跌跌撞撞的。当它爬到了阳光下以后，一直在眨巴眼睛。它先爬到那堆草跟前，看了看，就把头拱进绿草堆里，开始大吃起来。

"果然不出我所料，它爱吃草。"我笑着说。这个小家伙不停地吃，把一堆草吃了个底朝天，只剩下一根，可能因为它没注意到，还挂在它的嘴边。然后它又扭动到树叶堆跟前，大吃起来。

"我认为它也爱吃树叶，"齐默博士说，"怎么样，再给它来点？它已经快要吃光了。"

我又跑去弄来一捧树叶和一些草。"把它们各堆成一堆儿，"齐默博士说，"之后我们就能知道，它会先挑哪一样吃。"

它并没有停下来去挑拣，只是猛的钻进那一堆里，一道吃下去。吃光以后，就用三只脚站着，而用一只后脚去挠脖子。然后就径直走到一处光溜的能晒到太阳的地方，慢慢地躺了下来。

"好家伙，"齐默博士说，"它的胃口竟然这么大。以后光去给它弄吃的可就真够我们忙的。我们要是不能把它放到牧场去，实在是太可惜了。不过它现在还太小，可能会钻到牧场的栅栏外边去，不然就会让山羊弄糟蹋了。"

"山羊是母的，特别温和的，"我说，"连小猫都没伤害过。"

"它不碰小猫，恐龙可就没准了。动物如果遇见它以前没见过的东西，会很兴奋。人也是这样。最好还是等这个小家伙再长大一点，再把它送到牧场去。顺便说一句，我们应当定期记录它的成长情况。内特，你家里有磅秤吗？"

"有，厨房里就有一个。但是妈妈从来不用。我们要不要把它抱进厨房去过磅？"

"呃，或许把磅秤拿到这儿来比较好，"齐默博士建议，"你知道，妇女们对爬行动物有偏见。我们还是别惹麻烦。你去试试看，可不可以借来用一会儿。"

我跑进屋去，从妈妈那里拿来了磅秤。当我告诉妈妈说拿磅秤准备做什么用时，她说我以后可以把磅秤留在外边。她很不愿让"那个动物"碰过的东西再次进到厨房里来。齐默博士果然猜得很对。

我们把磅秤放在地上，我过去抓那个小动物。它像蝎虎子，皮肤是浅蓝色的，嘴也挺有趣儿，样子有些像会咬人的海龟。当然，它不可像会咬人的动物那样长着一副难看的模样。在那儿站了好久，打量着它。我并不是怕捉它。我以前从来没有跟恐龙打过交道，不太懂得该怎么去做。

齐默博士打量着我。"内特，怎么啦？怕它咬人吗？"

"我在思考应该怎样下手去抓它，"我说，"它的嘴看上去挺尖的，我最好还是不让它咬着。您认为呢？"

"说的也是。说实话，我也从来没有跟活的恐龙打过交道。我以往研究的恐龙都是那些成堆成堆的老骨头化石，它们根本就不会咬我。"他走过来站在我旁边，"让我们来看看它的反应。"他用脚轻轻地碰了一下恐龙的脚。恐龙坐了起来，看了看周围。它看起来很困。

"看来它还挺和气，挺安静的，"博士说，"这次让我第一个把它抓起来，你看怎么样？"

说实话，我真的不太想去抓它。但是它既然是我的恐龙，那么我认为，无论如何都得第一个去抓它。再说了，我可不想让齐默博士认为我胆小。我说："谢谢，不了，我来抓它吧。"

"内特，好的。我建议你最好先抓住它的前腿的，因为它的脖子短，够不着你。你沉着点。千万别吓着它。"

我慢慢向它伸出手，夹住它的身子。它只是扭动了一下，但并不想咬我。它的皮肤摸上去挺暖和的，有点滑溜，而且不怎么紧。待它对我的手不怎么在乎之后，我把它慢慢地提了起来，放到磅秤上。它只是在空中胡乱踢了几脚，到磅秤上以后，又安静下来了。它非常安静地躺在那儿，粗尾巴就搭拉在边上。我认为，它正打算睡觉。

我们看了眼磅秤的数，它的数字显示四又四分之一磅。博士就在一个小笔记本上记下了这个数字。

"当然，"他说，"这并不是它刚出生时的重量。我们只能大概估计一个。我们再去弄树叶和草，尽量和刚才弄的一般多，尽量估测得相对准一点，然后再称一下，就知道它刚才吃了多少东西。"

我们弄来树叶和草，一过磅，刚好一磅多一点。

"你的这个小宝贝，胃口可真好，"博士说，"它刚刚吃了相当于自己体重的三分之一的食物。现在让我们算算，它刚刚孵出来的时候，体重大约是三磅左右。"他把这也记在了他的笔记本上，"现在再来量量它的身长。"他又从口袋里拿出了一个卷尺，"内特，把它放到地上好吗？"

我把它放到地上。我们先把它的尾巴放直，然后从头到尾量了量。它有十三英寸半长。博士记下来以后，接着又量它的头、尾巴和腿的长度，每测量一次就把结果记在笔记本上。他非常认真。

"请问您，它究竟是哪一种恐龙？"我问他。

"三角龙，"他一边说，一边又量它的后腿，"让我们再来看一看，从蹠骨到骨盆，有四点五英寸。"

"三角郎会有毒吗，齐默博士？"我又问他。

"内特老弟，没毒。这些家伙的皮很厚，跟盔甲似的，不用毒物来保护自己。股骨，两英寸——不，等会儿，应该是一点七五——我不太习惯带着皮去测量骨头长度。它如果有毒的话，我是不会让你去把它抓起来的？胫骨，两英寸……"他的动作挺敏捷。

"这个三角郎长大了会有多大？"当他量完了，我又问他。

"有时，会有二十多英尺。我的孩子，它是三角龙，不是三角郎。"

"二十英尺！"我惊叫，"你是说二十英寸吧？"

"不，我是说二十英尺。当然啰，尾巴包括在内。长到最大时，它们可能会重达十吨左右。"

"十吨！"我大吃一惊，差点晕了过去。那可糟了，得弄多少草才够它吃！长那么大得多长时间？我非常担心，这么大一个家伙，很可能一天就会把帕森斯太太所有的草统统吃光，那该怎么办啊。

"啊，我想，总得很要很多时间吧。事实上，我们真的不知道这类动物长得有多快，在这之前，我们从来没有见过活恐龙，更不用提养过。不错，我们知道它的大小，我们以前找到了它们的骨头架子，但我真不知道它们长到那么大会需要多长时间，它们的生长速度，和它们活多久。我们必须把这个小家伙的情况，全都都好好地记下来。科学总是很有趣的。"

正在这时，我们听到屋后的纱门"砰"地一声响，辛西娅手里扬着手里的纸，跑了过来。

"齐默博士！"她喊道，"您的电报。从华盛顿来的。打来电话，我记录了下来。"

她把纸条递给了博士。他接过那张纸。当他读的时候，眉毛有那么两三回，一上一下地跳。

"我抄得有点快，"辛西娅说，"所以字写得不太好。"

"哼！嗯，"博士说，"那个老'不相信'。你念念，内特。"他把纸递给了我。

我接过来定睛一看。辛西娅说的是大实话。字写得真的不怎么样。我费了很大劲儿才大概认出来。

新罕布什州，自由镇。沃尔特·特威切尔转交奥斯卡·齐默博士。你别胡闹了，齐默。天热得要死，开什么玩笑。肯尼迪。

"嗯，你认为怎么样？"博士说，"你这个老笨蛋！自从上次他搜集的古代恐龙化石中，被我掺进了一根牛骨头以后，他就再也不相信我了。辛西娅，来，我们再给他回个电报，叫他赶快来，不然我们可就要把这件新闻直接告诉自然历史博物馆了。"

他们进屋里去，我就在枫树下荫凉的地方乘凉。太阳底下热极了。一会儿，乔·钱皮尼走过来，和我坐在一起。

"内特，你的大蝎虎子怎么样啦？"他说。

"它是恐龙，不是蝎虎子。"

"我打赌它肯定不是恐龙。我刚问过我爸爸，他说根本没有像恐龙这类的东西。他说，没有人见过恐龙。有些疯疯癫癫的科学家们，找到了许多古老的骨头，于是他们根据想象，编造出有关恐龙的故事来。"

"真的有恐龙，"我说，"虽然没有人见过它们，但这不等于说就不存在。再说，要是根本没有任何恐龙。我这儿怎么有一条呢？"

"那根本不是恐龙，傻瓜。"乔说。

"是恐龙。它就是一条三角龙。假如一条三角龙不是恐龙，那你告诉我什么才是恐龙。"

"你真是个大傻瓜！"乔·钱皮尼说。

乔这个家伙可是很顽固的。

第七章

齐默博士从后门走出来。

"好啦，"他说，"我猜这次肯尼迪博士肯定会来的。我打电话去告诉他，如果他明天中午还不来，那么我就只好去跟自然历史博物馆的古生物学家们去请教了。我最终还是使他相信我没有拿他开心。他说他会从华盛顿尽快地搭飞机来。"

他走过来，和我们一起坐在枫树的树荫下。没过多久，辛西娅就端来一茶盘子，上面有四杯柠檬水，我们围坐在一起，慢慢地品它，尽可能让喝的时间长一点。

"现在，这儿还是挺安静的，"齐默博士说，"我认为，趁现在还有点空儿，我们应该好好地歇歇。再过一天左右，自由镇肯定会很热闹。"

"我猜，电话肯定多极了，我会很忙的，"辛西娅说，"我想，会有很多长途电话。什么波特兰啦，波士顿啦。那可真有趣儿。我很喜欢去想象从波士顿来的长途电话将会是什么声音。多远啊！"

"也许还有更远的呢，我敢保证，"我说，"没准有从纽约来的，或者芝加哥。"

"啊，你接着胡扯吧，内特，"乔·钱皮尼说，"在芝加哥的人有谁能听说过你的蝎虎子？它位于俄亥俄州西部，非常远的。"

"不是在俄亥俄那里，"我说，"它应该位于密执安州或者别的什么地方。反正不在俄亥俄。再说，它也不是一条蝎虎子，"我说，"我告诉你吧，它就是恐龙。不信你就问齐默博士。"

"依我看，它很像一条蝎虎子。"乔说。

齐默博士晃了晃他那杯柠檬水。他扬起眉毛看了看乔，微笑着说："它的确是一种蝎虎子，"他说，"恐龙这个词的意思就是——可怕的蝎虎子。"

"可是母鸭子为什么会生出恐龙来呢？"乔问，"这没有道理，讲不通。"

齐默博士耸了耸肩膀。"这个问题可把我给问倒了，"他说，"这确实是一件怪事。不过，大自然有时候会捉弄人。比如说，有的小牛只有三条腿。有时，一种动物会从它的祖先那里继承某种东西，要是顺着家谱往回追，这种东西可能来源于这位祖宗，也可能来源于那位祖宗。比如说，你们看，我的头发是红的，可我们家人谁的头发都不红，很多人们就会奇怪地问：这红头发是从哪儿遗传来的呢？后来，我才知道我的曾太祖奶奶的头发是红色的，我的红发，就是从她那儿继承下来的。你们明白了吗？"

我们都点点头。

"好啦，"博士说，"如果我们再往回追得久远一些的话，我是说，在几百万年前，这就能解释，爬行动物和鸟类是相互关联的。也能解释它们之所以在某些方面有点像的原因。比如，一只鸭子为什么会像海龟？"

"什么，鸭子像海龟？"我和乔互相对视了下，我们俩都不懂。

"它们都下蛋呀。"辛西娅说。

唉，乔和我真的是糊涂到家了。我妹妹怎么就想到了呢？我不知道她见没见过海龟。我认为，女孩子们注意到的事情，往往比我所想的要多。

"对啦，"齐默博士说，"它都下蛋。"

乔忽然抬起头来接着说："海龟的皮是鳞状的，鸭子腿上的皮肤也有点像鳞。"

"乔，说得真好。"博士说。

"它们俩还都没牙。"我抢着说。

齐默博士点了点头继续说。"所以说，你们看，"他笑着又说，"鸟类在有的方面像爬行动物。恐龙是爬行动物。我们这里所发生的事情，有点乱套：一个蛋被孵了半天，结果，家谱中属于另一分支的家伙却显现了出来。这解释不是很科学，我自己也有些迷糊。这件事情非常特殊。"

乔·钱皮尼看了他半天。"我认为，您是一位科学家，"他说，"科学家嘛，能知道一切答案，和老师一样，是吗？"

齐默博士笑着摇摇头。"不，乔，科学家并不知道一切答案。没有任何人能做到这点。就连老师也一样。科学家在不断想小法去探寻答案。"

他站起来，用手拍了拍裤子上的土。"好啦，我认为我该回麦克弗森家去啦。要不然，他们还会以为我在这儿出了什么意外呢。内特，一会儿你应该再给你的恐龙喂一顿草。我明天早上会准时过来，迎接肯尼迪博士。"

晚饭之前，我在出去喂小鸭子的路上，特地抱了一大捧草放在恐龙栏里。它啪哒啪哒地走出窝来。开始吃草。

"内特，你给你的动物取了名字了吗？"爸爸似乎很想知道。

"还没想好呢，"我说，"您说取个什么名字比较好？"

"呃，我也不知道，"爸爸慢慢地说，"我已经把自己家里最好的名字都取给了那些牛羊鸡鸭了。你妈妈他们家应该还有一个好名字。我记得好像有一个是……他叫什么来着，你的舅公？"

"啊，你说的是不是舅公约翰·比兹利。"

"对对对！"爸爸说，"你就干脆叫它比兹利舅舅。还有，现在仔细回想一下他的照片，两位之间是还真有点像——"

"沃尔特！"妈妈说，"舅公比兹利是个好人。我们怎么能说这些不尊敬他的话。"

"啊，这根本不是不尊敬他，"爸爸说，"这实在是很崇高的一种荣誉。如果我们给小恐龙起这个名字的话，比兹利舅公的名字也就会随着它在历史上一直流传下去了。"

"嗯。"妈妈微微一笑对着我们。

我反复地念着："比兹利舅舅……比兹利舅舅……比兹利舅舅"，想试试这个名字怎么样。辛西娅听得咯咯直乐。

"挺好，"我说，"说这个名字还挺好听。我决定了，就取这个名字，妈妈如果没什么意见的话。"

吃完晚饭，我打算出去看看情况怎么样。草已经被它吃得一根儿也不剩。在黑暗中，我还能看见这个小家伙正躺在它的窝里。我已经非常喜欢它了。

我说："比兹利舅舅，晚安。"然后便回屋里来。

第八章

第二天早上，早饭之后不久，前门就响起了急促的敲门声。我忙去开门。一个瘦高个儿，手上提着个小手提包站在门口，他看上去好像有点生气。

"请问齐默博士在吗？"

"不在，"我说，"他不在这儿住。"

"什么，那他住在哪儿？请问你这儿是沃尔特·特威切尔的家，对吗？"

"是的，可是齐默博士不在这儿住。他一直住在麦克弗森家。"

"麦克弗森家？那又是个什么鬼地方？"

我指了指右边那条路。"你沿着它走下去，大约走半英里，一直到岔路口。从那里再走右边那条路——我指的是右边成直角的那条路——如果走中间那条路，那可就会到喀乍瀑布去了。然后沿着那条路走下去，你会走到一个急转弯的地方，看到一堵石头墙，中间再穿过一条栅栏路，但是栅栏已经塌了，因为他们已经不在那里养牛了——"

"啊，他们不养牛了，对吗？"瘦高个儿说，"那么，现在那个地方还吸引人吗？"我看得出，他好像有点不耐烦了。

"不了，一点意思也没有，"我回答，"现在那儿长了好些黑莓丛子和松树。你转过弯，旁边就会有一条路，路边会有棵树，树上挂块牌子，写着'桑德斯'的牌子。但是你没准看得不很清楚，因为上面的油漆可能全都掉了。那块地以前原本是桑德斯先生的，他在两三年以前已经把它全都卖给了来这里度夏的人们。顺着这条路你再往前走一点，你就会走到了另一条路，那个就是——"

"我的天呐！"这个人急得不知说什么好，"先这条路，然后又那条路，模糊的牌子，母牛还又不养了！你把我搞得稀里糊涂。如果我走到那里去，是一片荒野，准得走丢了，甚至联邦调查局也找不到我。我敢打赌，这肯定是齐默博士无聊的诡计。从一开始我就觉得事情有点不对头。要是他不住在这儿，他为什么要通知我到这儿来？"

我突然明白过来。"您是肯尼迪博士吧？"我试探地问他。

"是呀，我就是肯尼迪，也是天下第一的大傻瓜，竟然又听他的话，这个捉弄人的坏蛋。"

"他没有捉弄您，"我保证，"我们真的有一条活恐龙。它是在昨天早上才孵化出来的。"

"你怎么会知道它是恐龙？告诉我是谁告诉你的？"

"是齐默博士说的。"

肯尼迪博士沉着脸。"果然如我所料，"他说，"在新罕布什州这里的人们究竟是怎么啦？难道你们不知道恐龙早已在六千万年以前就已经灭绝了吗？"他一边把手提包放在走廊的地板上，一边大声说，"好吧，别总是站在这儿了。让我看看所谓的'恐龙'，不论它是什么。既然来了，就看看吧。"

我们正打算走下走廊的台阶，一辆小卧车在房前停了下来。齐默博士从车里出来。他看到了肯尼迪博士，就冲他微笑着招手。

"嘿，肯尼迪。你现在来得正是时候。速度还挺快。"

"好家伙，快吗？我走遍了全新英格兰，想尽办法赶快到这里来。先是搭飞机，到波兹茅斯，又接着坐火车，之后又到了不知什么地方当中的一个地方，再坐送面包的卡车赶到另一个三不管的地方，又再从那儿走来。齐默，我告诉你，这回如果你又拿我开玩笑，我要是不把你的皮剥了，再填上些破布头烂棉花，放在博物馆里，当成退化的猿猴展览，我就不再姓肯尼迪。"

"好了，好了，别发火儿，老伙计，"齐默博士安抚说，"我们现在就领你去看恐龙，你一看肯定就相信。然后，我再请你吃早点，你就觉得很舒服了。"

于是我给他们带路，很快就到了比兹利舅舅的围栏。一群小鸭子正在附近扒来扒去，它们看着我们，翘着脑袋。

"就在那儿呢，"齐默博士说，"这回，你应该相信我了。自己弯下腰去窝里瞧吧。这很可能是人们所见到的惟一活着的恐龙。这肯定是科学史上最了不起的大事之一。"

肯尼迪博士用怀疑的眼光扫了他一眼，然后使劲儿弯下腰去。他非常高大，想要把头探得那么低，也的确够他忍受的。他吃力地往窝里看着。

齐默博士等了一会儿，也打算探头往下看，问道："你现在怎么样？"

"什么怎么样？"肯尼迪博士疑惑地问，"什么都没有。那只有一个空盒子。"

"什么？"我们同时喊了出来。我们立刻弯下腰去看，可不是真的，只有一个空盒子在那。

"我的上帝哪！"博士说，"它竟然跑了。赶快找！快！"他在围栏周围跑过来跑过去，东张西望地找。

肯尼迪博士慢慢地直起身子来，把手放在屁股上。他的脸突然变成了铁青色。"齐默……"他说，"其实我一直在怀疑你……"

"唉，肯尼迪，先别说废话，"齐默博士说，"我告诉你，真的没有开玩笑。快帮我们找。千万别让它跑了。说什么都不能把它给丢了。那会成为科学上的一大损失。"

我朝小鸭子场那望去，突然发现有一只小鸭子正在篱笆旁边伫立。它歪着脑袋，正往一边望，就像母鸭子瞧见什么新鲜东西。我盯着它时，它就从篱笆那儿溜了出去。开始吃外边的草。我跑过去一看，发现两片篱笆接头的地方竟然豁了一个口子，小鸭子正好从那里过来过去。

我指着豁口给齐默博士看。

"嗯，依我看哪，"他说，"它很可能是从围栏底下钻了出来，然后又从这儿挤出去了。它肯定要找草吃。我们现在就去那些长得挺深的草里面去寻找它。你现在跑回去叫你妹妹来帮我们，我现在就开始找。"

我立刻冲进屋去。看见辛西娅正在洗早点用过的那些碟子，妈妈正在擀馅饼皮儿。

"内特，怎么啦，你刚才到哪儿去啦？"妈妈问我。

"肯尼迪博士来了，"我说，"我们刚才领他去看恐龙，可它却跑了——一定是跑出了篱笆——他们正在深草里找它。在它跑远以前，一定要找到它……"

"什么，寻找肯尼迪博士？"妈妈有点奇怪地询问，"他不是刚刚才到达这儿吗？"

"不是，不是在找肯尼迪博士——是在寻找比兹利舅舅——要是找不到，可就太糟糕了。"

爸爸从另外一间房间里出来了。"辛西娅，我们走吧，"他说，"我们也赶紧去帮着找找看。"

我们一行人一溜烟地走出了屋子。我回头一看，妈妈也跟着出来了。她手里还拿着一个长把的大拖把。

我们在草地上仔细地找，可是怎么也找不见比兹利舅舅。我们又走到山羊的牧场去找它。那儿的草相当短。但还是找不到，比兹利舅舅一点影子也没有。我顺着帕森斯太太后院的篱笆寻找，后院里有几个花圃。

"内特，早上好，"帕森斯太太对我打招呼说，"发生什么事啦？在那儿寻找什么？好像还有客人来了。我可从来没见过像今天这样的古怪事儿，好像中邪了。是你们家山羊跑了吗？"此刻她正在用一把大剪刀在那像剪花。

"伯母，不是的，"我说，"山羊没有跑。它还呆在那儿，它现在好好的。"

"那么你们又是找什么呢？不用这么神秘嘛。"

"呃——是这样子的，我们丢了一个小——嗯，怎么说呢，一个小动物。"

"是什么动物呀？我的上帝，你为什么那样保密？是一只猫吗？"

我想，或许还是告诉她最好，可又不敢确定，她会信吗？"伯母，不，"我说，"不是猫。确切讲是一只小恐龙。"

帕森斯太太直起身子，疑惑地瞧了我一眼，然后又微笑起来。"我的天哟，内特，你可真会说笑话！我没想到你丢的竟是玩具动物，我还以为你在找活的呢。哎呀呀，听听这孩子究竟在胡说些什么，'我正在找一条小恐龙，'这就是他说的。"

当她讲话的时候，我突然发现有个不明东西在剑兰丛里动来动去。我紧紧地盯着，不一小会儿，一个脑袋便冒出来了。正是比兹利舅舅，天呐，它此刻正在开心地嚼着花梗，好像它从来还没吃到过这么美味的东西。帕森斯太太好像一点也没注意到，还在那继续讲呢。

"哈，哈！"帕森斯太太突然大笑了起来，"你说你在找一条小恐龙的时候，可真把我给吓了一大跳，因为我以为你是指——啊，啊！我的上帝！那是个什么东西？"

我立刻跳过篱笆，一下子就抓起了正在吃东西的比兹科舅舅。它此时还在嚼着花梗，好像什么事也没发生。

帕森斯太太惊恐地往后退了一步，抖动地用手指着比兹利舅舅。"快点儿把它抓走！"她喊道，"你快把它抓走！它正在吃我心爱的的剑兰！"

我想，此刻每一个人肯定都听到了这边的闹腾声了。他们一会儿就会穿过田里，向这边跑过来。齐默博士满脸笑容，高兴极了，因为我们终于找到了恐龙，他实在是高兴极了。爸爸呢，此刻正在不停地向帕森斯太太道歉。

她还算随和。说是只偷吃了她一支剑兰，况且一支黄的，那就不计较了。她说，她一直对恐龙充满浓厚的兴趣的，小的时候还常常研读这方面的书，不过她没想到它为什么这么小。

"你们的恐龙真是只小恐龙吗，"她说，"它挺逗人喜欢的，对吧？"我注意到，她并没有打算接近它。

这会儿肯尼迪博士一直站在那儿，张大嘴，紧紧地盯着比兹利舅舅。他的嘴张了又闭，闭了又张，但什么也没说出来。最后，他突然一把抓住齐默博士的胳膊，指着恐龙，用很颤抖的声音说："哎呀，我的上帝，你是对的，齐默，真的是它！"他的脸刷白，跟一张纸似的，他勉强抓住篱笆，总算站稳了。

他们终于使得帕森斯太太安静了下来，接着齐默博士先把肯尼迪博士一一介绍给大家，爸爸之后又把齐默博士介绍给帕森斯太太。事情全都妥当以后，我们就把比兹利舅舅安全地带回到它的专属围栏里去。我们还打了几根新桩子，把铁丝又弄结实了些，这样一来，它就再也跑不出去啦。

妈妈特地进屋去给肯尼迪博士弄些早点吃，齐默博士开始给肯尼迪博士讲述关于这个蛋的一切情况，以及它现在有多大等等。

"内特，"他突然打断说，"我认为你的恐龙又长个儿了，它现在肯定比昨天大。"

他立即拿出卷尺和磅秤。我帮忙把比兹利舅舅轻轻地放在秤盘上，可是这次刚好能够搁得下。

"七磅！"齐默博士说，"你看，比我们昨天称的又重了一倍多呢。二十四小时内体重就翻一番！肯尼迪，想想吧。"

"我正在想呢。我现在特别饿。早点准备好了吗？"

"哎呀，我把这件事忘了。内特，你怎么还不带肯尼迪博士进去吃早点？别忘了，他不可吃太多的点心，你自己多来几块倒没什么。你们吃的时候，我就量完了。"

对我来说，这个主意倒是挺好的。现在已经是上午十点多钟了，早饭之后我还什么也没吃过呢。

第九章

早点过后，肯尼迪博士和齐默博士出去了，到前边的走廊上商量到底怎么办。齐默博士冲我点点头，让我跟他们一块去。但肯尼迪博士压根就没理睬我。

"我当然认同你的意见，齐默，"肯尼迪博士一边说，一边在一把旧的柳条椅上坐了下来，还翘着个二郎腿，"我们得向报社发条信息，介绍一下这个伟大的小动物。我们可以跟华盛顿的博物馆联系一下，详细地讲一讲。他们会把这些转告给美联社或别的报社。当然，电台也会立刻得到这条消息，紧接着，全国就都知道了。"

"一会儿，兴奋激动马上就要开始了。"齐默博士说。

"那是当然。现在，我的想法也是这样。我想，在我们发布这条新闻之前，得先想个办法把它安全地送到国家博物馆去。它真是太宝贵了，我们千万不能麻痹大意。呃，它是全世界最重要的活标本。我们一定得把它放在有空气调节设备的能保持恒定温度和湿度的玻璃箱里，把这个动物和穿堂风、细菌、昆虫、人群隔绝，并且还要注意温度的变化。我们用板条箱把它装好，运到华盛顿之前，可不能被人群给围了起来。你知道，如果那样的话，事情可就不好办了。"

我听了这话大吃一惊。他们计划把比兹利舅舅就这样带走？这我可没预料到。齐默博士看着我，使了个眼色。

"等一下，肯尼迪，"他说，"我们是不是还得询问一下主人呢？也许人家对恐龙还另有别的计划呢。"

"主人？你这么说是什么意思？"

"这条恐龙的主人是内特·特威切尔。我猜想他还没作决定，也许他不愿意把他的恐龙送到博物馆去，他没准还打算自己来喂呢。"

肯尼迪猛然坐了起来。"那也很好哇，他可以卖吗。"他转身冲着我微笑，"孩子？怎么样？我们可以付出一百块钱给你，原样买下它。你大概不会拒绝这个建议吧？对不？"

对一条小恐龙来说，一百块钱！那的确是够多的。但是，我现在才只跟它呆了一天，我真的不想让它离开我，让它到博物馆去住，说不定以后再也没有机会见到它了。

我摇了摇头。"不，谢谢，"我接着说，"我思来想去，最好还是不卖。"

"一百五十块。你觉得怎么样？"

我还是摇摇头。

肯尼迪博士紧闭着嘴，转向齐默博士问。"这孩子怎么这么顽固？不会是所有的新罕布什州的人都这么顽固吧？"

齐默博士微笑着说："肯尼迪，他们并不是顽固。他们只是喜欢按自己的意愿办事。你不觉得这是一种非常值得称赞的品质吗？"

肯尼迪博士皱着眉头。"孩子，现在听着。那是一件重大的事。对于科学界来说，这条恐龙是非常贵重的。我们从来还没有见过这类东西，或许将来也不会再有机会。它对你也没有什么用处，只不过是一条大蝎虎子罢了。它不会成为一只逗人喜爱的动物。照顾它，喂它，都相当困难。天一冷它就会受不了，它只会给你添很多麻烦。对于像你这么大的小孩，它是没有什么意思的。你为什么不把它卖给我们呢？能告诉我为什么吗？"

"因为它是我的，"我说，"对啦，它还是一个，是一个朋友。我不想卖朋友。"

肯尼迪猛地站了起来，一边在走廊里踱来踱去，一边甩着他的长胳膊。"你就怎么不懂得它的意义呢？只要有机会能来研究这条恐龙，全世界的科学家们会什么都愿意干。你肯定不想阻拦科学的道路吧，是吗？"

"我当然不想阻拦啦，"我说，"但是，科学家们为什么不能到这里来研究它呢？我不在乎他来，我只希望我能养活它。"

齐默博士对我咧着嘴笑。"我认为，你还是放弃吧，肯尼迪。科学家们这回肯定要到自由镇来研究啦，不论他们愿意与否。"

"齐默，这可真是够伤脑筋的呢，他们住在哪里呢？没有旅店，没有饭馆，没有客栈，这里连像样的招待所也没有。难道你打算让他们在马路上搭帐篷住宿吗？"

"什么，那可是一条很安静的马路，"齐默博士说，"再说了，我也没听说过，在怀俄明州的化石层，或者戈壁大沙漠，会有什么招待所。现在，我们先打电报到博物馆去。我可不可以说，你我已经取得一致意见，初步认定它就是一条三角龙？"

"是的，我想你可以这么说吧。"肯尼迪说。我派他们留在屋里写电报稿，我自己出去给比兹利舅舅再弄些草。它要是真的吃这么多长得这么快，我就得不断地给它弄草吃。

午饭过后不久，辛西娅接到从纽约自然历史博物馆专线打来的电话。他们想进一步了解一下有关在新罕布什州自由镇刚发现的"恐龙"的事件。齐默博士郑重地给他们澄清了谣言，告诉他们这究竟是怎么一回事。他们说，有几个人马上要来这儿看一看。几分钟之后，《纽约先驱论坛报》又打电话来问起"这块化石"的问题，跟着，就是接二连三的从全国各处不断打来电话。吃晚饭的时候，拉可尼亚镇的记者就来了，之后还有一位教授特地从他度夏的赛巴哥湖赶来。电话那边响个不停，问这问那。后来，当我们打开收音机听新闻，广播员用低沉的声音报道：

"……诸位听众，今晚最奇特的新闻是来自新罕布什州的自由镇，一个很小的镇发来的。他们说在沃尔特·特威切尔先生家里，从一个鸭蛋中孵出了一条三角龙恐龙。华盛顿国家博物馆的两位科学家去后考察了这条恐龙，并且一致报告说，据他们所知道的来讲，这的确是三角龙的活标本，但是这种恐龙，应该在大约六千万年以前就已经绝种。到目前为止，这两位科学家还不能确切地解释出，为什么这种古老的爬行动物，竟然会从一个鸭蛋中孵出来。

"好的，诸位听众，说起肥皂，我们首先要用——"

因为要回去接电话，我们关上了收音机。第一次在收音机里听到我们自己的名字，挺有趣，就像是第一回听到别人家的名字一样。新闻广播之后，电话来得更多了，辛西娅简直忙不过来了。不过她倒很高兴了，可我呢，还得替她去洗碗，我并不怎么去心疼她。从哪儿打来的电话都有。有的从布斯贝来的，有的从普鲁茨·涅克打来的，其实我根本就不知道那是个什么地方，还有一个电话是达特茅斯学院的一位知名教授打来的，接着又接到从纳斯瓦动物农场打来的，以及从波士顿科学博物馆打来的各种电话，我根本不知道这是些什么地方。整个晚上电话一直不断地响。最后，爸爸不得不告诉接线员毕比太太说，实在太晚了，我们都要睡觉了，在明天早上以前，请您不要再接通任何有关我们的电话。

第二天早上，我尽可能以最快地速度完成我的家务活儿。我差一点就忘了老伊齐基尔还在地窖里，因为事情实在是太多了。我喂完小鸭子之后就马上要去挤羊奶，接着又得抱一大捆草去给比兹利舅舅送吃的。它比以前又大了，腿也变得更加结实了。我认为，我们要是不把围栏弄得更加牢靠些，它很快就能够又钻出去的。

我们刚打算吃早点，电话铃又响了。这次是康科德市新闻纪录电影制片厂打来的电话，他们计划到这里来拍电影。然后，又有一位电视台的人计划第二天来。爸爸开始为《自由哨兵》写了一篇特稿关于恐龙的大篇幅文章，他还打算让我写一篇有关拥有一条恐龙的感受的文章。之后，他又请齐默博士写篇这方面的专业的科学知识。恐龙新闻一下子占了头版的一半篇幅，而且爸爸还特意加印了很多份。

"好啦，"爸爸说，"我认为，自由镇到回到地图上来的时候啦。自从1932年这里发生过日食以后，我们这里就一直悄无声息，这回总算是又让大伙儿了解了。我们一定要尽量利用这个机会。即使我们有一条恐龙，也不能保证我们总是会那么有名气。内特，你最好现在拿五十份报纸到杂货铺去，而且在我们家门口的桌子上也多摆一些。"

很快，一些邻居便特地过来看恐龙。帕森斯太太看着它，有点儿发抖。另一边，乔·钱皮尼的爸爸边盯着它看，一边直摇脑袋。邓恩太太带着她的两个孩子特地来看这只"有趣的动物"，然后她便进到屋里跟妈妈讲话，我不得不盯着那两个孩子，阻止他们向比兹利舅舅丢石头。我真的很讨厌这些毛孩子。

一会儿，齐默博士和肯尼迪博士来了，接着，新闻纪录电影制片厂的拍片卡车也开进来了。他们搬出很多机器，比如照相机和各种器材，他们到处拉上了电线。先是拍了我们家的房子，又嘱咐我把比兹利舅舅拎起来做动作，喂它吃一些草。我还要在话筒前面谈论我首次看到它孵出来的情形是怎么样的。然后齐默博士简单地讲了一下它属于哪一种恐龙，它对科学上有哪些重大影响，等等。他们一会儿让我们站在这儿，一会儿又站在那儿；一会儿又干那个，一会儿干这个，把我们折腾得怪累的。所以拍片卡车开走的时候，我们高兴极了。

记者又来了。他们来了很多人，两三个人一批的，接连不断。去拍各式各样的照片，问相同的问题，比如我多大啦，当我发现恐龙从鸭蛋中孵出来的时候会不会感到很惊奇啦，谈话时，他们嘴角还总是叼着根烟卷儿。这会儿，人多得堆成堆儿了，特别是在后院里。

齐默博士和我负责守在比兹利舅舅的围栏旁边，防止有人过来碰它。我想不明白，究竟是什么原因使人们一看见动物关在笼子里或者其他别的什么地方，只要他们能够碰到，就总想去捅它一下，或者向它扔东西，再不就是变着法儿地去折腾它。我认为，这或许是他们的某种天性吧。紧接着，很多科学家们就开始陆续到达了。什么样的人都有。一些是矮个儿，戴着牛角眼镜；有些是瘦高个儿，抽着大烟斗。他们零散地聚成一个小圈儿，叽叽喳喳地谈论不休，什么"白垩纪"啦，什么"中生代"啦，什么"始恐龙"啦，什么"隔代遗传"啦，尽是些我听不懂的词儿。还有他们那种争论的方式也真叫人目瞪口呆。我认为，大概他们都各有不同的理论，每个人都希望使自己比别人的嗓门儿更大，说得比别人更快，都想去证明自己的理论是正确的，证明别人的理论都不正确。乱哄哄的一片，简直比沃特金斯老师离开教室以后的六年级班集体还要更不像话。

齐默博士忙着和老朋友们握手。我看见肯尼迪博士在人群里明显比别人高了一头。他皱着眉头，不停嘟囔着："这简直成了疯人院……乱七八糟……疯人院……一点儿不合乎科学……就应该放在管理得很好的博物馆里嘛……"等等相同意思的话。

当我出去又弄一捆草来喂比兹利舅舅时候。科学家们立刻都围了过来，看它吃草的情景。当然啰，对这件事他们肯定也是要争论的。有人提到"下颌骨"，大伙儿立刻争了起来，非弄个水落石出不可，接着就热烈讨论起它"有三个根的白齿"这个问题来，就这样乱哄哄地一直谈了很长很长的时间。依我看，比兹利舅舅只不过是在吃些东西罢了。可他们却并没有到此完事。听着科学家们这样那样高声谈论问题，挺有意思。

快天黑的时候，我们把他们一个个地"轰"走，才可以进屋吃晚饭。时候也不早，妈妈表现得不太高兴，妈妈等我们吃饭，等了很久。

"真是少见，"她说，"到了八点钟才吃晚饭！我真不明白为了这么个小动物为什么每一个人都弄成这个样子，全跟没了魂儿似的。虽然它是一条恐龙，也不至于这样！都快是到了世界末日了。"

"它对科学界有重要的影响。"我说。

"你得啦，你和你的科学界全靠边吧！"妈妈说，"我恨不得科学界早点知道，到底什么时候该回家吃晚饭，别在这儿没完没了地在待着，影响别人吃饭。"

我认为，妈妈还没有意识到这条恐龙到底有多么重要。

第十章

人群一直这样乱哄哄地聚在我们这儿，大约持续了有一个星期，之后才稍稍安静一些。在此之前，《自由哨兵》从来没有这么畅销过，这次爸爸不得不赶紧再出版大约五千份，卖给那些来家里访问的人。杂货铺的汽水和冰淇淋、桔子汁之类的，每天都卖得没货，除了星期四下午，因为那天下了大雨。

到星期六，开始平静下来了。现在每一次只会有一两个人来家里，差不多都是远道而来的那些科学家们，像什么威斯康星州，抑或是肯塔基州，从那些不大可能到我们这儿的地方过来。有一位模样挺严肃、长着满脸大胡子的人，是从加拿大多伦多赶来的。他站在那里，紧紧盯着比兹利舅舅，看的时间非常长。最后，他转对齐默博士说："嗯，我相信您是正确的。其实当我第一次听到这个新闻时，我认为，你们美国的古生物学家们应该头脑发热，太轻率了。这回我彻底承认我是彻底地完全相信了，百分之二百的。啊……您肯定是国家博物馆的肯尼迪博士吧？"

"不，我叫齐默。您是从多伦多赶来？"

"是的，我的名字叫莫里森。"

齐默博士很高兴。"哎呀，您就是有名的莫里森教授，"他说，"见到您非常愉快！您能来到这儿来实在太好了。您要知道，我必须承认我以前曾经怀疑过这个家伙到底是不是真的是三角龙。您如果也认为是，那么我就可以非常放宽心了。"

莫里森教授微笑着。"齐默，不瞒您说，我很想了解，对于这个珍贵的活标本，您打算怎么去处理。您能够把它照顾很好吗？我简直想象不出来，对于这样贵重的东西你们美国人会弄出什么奇特的花样来。你们大都是些超级商人，你们要是把这个小动物卖去好莱坞，抑或者用它去做法兰克福香肠的新广告牌，我一点也不会对此感到奇怪的。你们会很用心照料它的，对吗？"

"您最好去跟主人说，"齐默博士用手指着我说，"他叫内特·特威切尔，这位是艾伯特·莫里森教授，是世界上最有名的恐龙权威人士。"

"这么一说，你才是恐龙的主人？"莫里森教授问。当他和我说话的时候，他的眼睛里不停闪烁着光芒。"你这儿有这么一个特别的动物我的孩子。它对我们大家是非常宝贵的。说它异常宝贵，是因为它还是活的——记住，因为它是唯一活的。我希望你能努力让它活着。"

"先生，是的，"我说，"我一定会这样做的。"

"真是个好孩子，"莫里森教授说，"我知道我们可以把希望放在你身上。"

下午稍微晚些时候，我偷闲坐在院子里的枫树底下休息，打算看看报纸上都对比兹利舅舅写了些什么。最近这些日子我实在是太忙了，一点工夫都没有。下面是《纽约时报》的相关报道。

从鸭蛋中孵出了活恐龙
新罕布什州，自由镇，八月四日
全国的科学家们正纷纷云集自由镇，生平第一次见识一条活恐龙。该恐龙是最近从内特·特威切尔农场的鸭蛋中孵出来的。

此种动物于数几百万年前即已绝种，如何能从鸭蛋中孵出，尚无法解释。从纽约、波士顿、费城、芝加哥以及美国各地聚集在此的古生物学家们均认为：这真是一条恐龙，属三角龙，是草食爬行动物，头上有三个角，颈部有一个大骨环。这条恐龙标本长大以后，身长可达二十英尺，重约十吨。

我听到有人从小路上慢慢走来，便放下手中的报纸。来的人身穿蓝色衬衫，左胳膊上搭着他的上衣。

"喂，老弟，"他喊道，"有恐龙的地方是这里吗?"

"是这呀。"我回答说。

"你是叫内特·特威切尔吧?"

"对呀，我就是。"

"请问我可以看看您的恐龙吗?"

"当然没问题。"我说。于是就领他到比兹利舅舅的围栏附近去。此时比兹利舅舅正在午睡，在太阳地里侧着身子舒服地躺着。

"你敢保证它是活的吗?"这个人问。

"肯定是活的。你难道没看见它还在呼吸?"

这个人笑着点了点头。"我叫比尔·格林纳。我在康威那儿附近开了一个加油站。我有一天听说你这儿有一条恐龙。我认为，如果可以，我想把它关在我的笼子里，摆放在加油站外边，那肯定会是非常有新意的玩艺儿。现在许多加油站都用这个招揽生意，什么浣熊啦，狗熊啦，有的还用猴子。这可真是个好生意经。人们都喜欢把车停在有新奇动物的地方加油。如果现在您允许把这条恐龙弄到我那儿去，我就马上挂上一个巨大牌子——'在此有世上惟一的活恐龙'——那样的话，人人都会来把车停在这，看恐龙，之后加油。我想你懂得我的意思了吗？"

我点点头，我清楚他的意思。但是不管怎么说，我不怎么喜欢这个主意。

"好啦，你现在打算卖多少钱？"这个人问，"我很乐意给你一个好价钱。"

"啊，谢谢，不，"我说，"我不会卖掉它。"

"老弟，你听我说，我准备付现金。你留着一条恐龙，对你而言一点用也没有，还得费心费力照顾它，喂它，事儿可多了。建议你还是把它让给我的好，那样你可以大赚一笔。"

"我还是那句话，我不想卖它。"我大声说。

"你这样做有什么意思呢，老弟？对你有什么好处？把它当作家畜来养着玩吗？它太丑了。再说，目前不可能有什么恐龙市场。而且要是冬天喂它，开销太大啦。"

"我已经说得很明白了，我打算留着它。"我又郑重地告诉这个人一遍。

"我真不太明白，"他说，而且有点恼火地瞧着我，"你留着它一点用也没有，我呢，可以用它赚大钱。你为什么不肯把它卖给我？"

"我就是打算要留着它，"我说，"难道我的恐龙我留着它有什么不妥吗？你哪来的这么多'你为什么''为什么'？"

这个人无奈地耸耸肩膀，转身走了："老弟，好吧，你就先自己留着些日子吧。假如你改变主意的话，请你告诉我。这个是我的地址。"他递给我一张纸条，然后就走回他那辆红色的小吨位运货卡车上径直离去了。他先让发动机在空转了一会儿，然后开始倒车，接着吱溜地一声开走了，后面立刻扬起一股子灰尘。

差不多每天都有人来和我谈把比兹利舅舅卖给他，一般来说，不是这个理由，就是那个理由。有一次，来了一辆黄色的敞篷汽车。那个人看上去一副好好先生的样子，留着一撮黑黑的小胡子。他从银烟盒里拿出一支烟，可能是想递给我，可后来不知为什么又改变了主意。

"内特·特威切尔先生是住在这儿吗？"他问。

是住在这儿，我告诉他。

"他现在在家吗？"

"在家。"

"好，请你跑去告诉他，就告诉他我要和他谈生意。"

他转过身去，没打算多瞧我一眼。好像他是皇帝老爷似的，而我呢，就是给他跑腿的。我一点儿都不喜欢他那种高傲的神气，我还是一动不动地站在那里。过了一小会儿，他转过身来，冲我皱起了眉头。

"我还没告诉你，我现在要跟内特·特威切尔先生讲话吗？"他说，"年轻人，请别浪费我的时间。"

"你正在跟他说话呢，"我生气地说，"我就是那个你所说的内特·特威切尔。"

他的态度立刻变了。

"天呐——"他说，"我——我没想到您就是那条活恐龙的小主人。对了，我是彭老磨坊威士忌股份有限责任公司的副总经理。我打算向你提出一个小小的建议。我计划租您的恐龙用一阵子。我们要参加一次广告大战。"

我真的一点儿看不出，我的恐龙和威士忌酒会有什么样的关联。

"咳！那是再清楚不过的了，"他说，"对于我的威士忌酒来说，你认为什么东西最要紧？"

我一点也不清楚。"是口味吧？"我试探着说。

"根本不是，"他说，"两个人喝着都对口味的酒是不存在的。口味，那只不过是个人看法而已。威士忌，对它最要紧的是它存放的年头。然后再谈别的，明白了吧。就比如说，威士忌甲两年，威士忌乙三年——这种情况下，大家都买威士忌乙。就这么简单。"

"那么，彭老磨坊又经营了多少年头了呢？"我问他。

他把突然嗓门儿压低了点。"好吧，这事就咱们俩知道，你别告诉别人，它年头不算多。因此我们才需要一些真正时髦的热门广告，恐龙正好有这个效果。"

"我真的不明白，恐龙怎么能使威士忌酒显得更老一些呢？"我问。

"其实它没法儿使威士忌变得更老，不过它可以使它看起来显得老一些。广告的精髓诀窍就在这里，我的孩子。这就可以解释为什么酿酒厂总是热衷于画着老磨坊、老爷爷和摇椅之类的标签。现在，没有什么能比一个恐龙更老的了，恐龙是世界上最老的东西，谁也比不了它。假如这个主意行得通，我们就把我们的商标改为老化石牌，或者老恐龙牌——嗯，不好，这听起来显得那么干巴巴的，不怎么好。也许还可以叫老侏罗纪。这样一叫，我们的酒在市场上就会有最响当当、最古老的招牌，我们也会发财了。"

"那么，恐龙呢，你们计划怎么对待它？"我问。

"啊，它会被我们放在一辆大卡车上展览，它全身将被抹上很多漂亮的颜色，并在车顶插上旗子，并且租一辆广播车，让它去周游全国。这样彭老磨坊就会立刻名扬全国工商界甚至社会界。这对我们可是再好不过的了。"

"我并不认为这对恐龙有什么好，"我说，"成天东跑西颠的乱哄哄的，肯定会生病的。"

"这就不用你操心了，"这个人说，"它只要活着，我们就会按时每月支付给你二百块钱。我相信它会使你发大财的。"

我仔细琢磨了这个建议。最终我还是摇摇头："我还是不想卖。"

这个人又举起了手。"什么？你究竟打算拿它做什么？"

"我没有打算拿它干什么，"我说，"我只是想要留着它。想拥有一条恐龙，这个理由难道还不够吗？"

"如果它不能帮助你来赚钱，那有什么用，"这个人问，并从一个盒子里拿出一张印得十分精致的名片递给我，"好吧，如果你对'有一条恐龙'感到有些腻味，请联系我，好吗？"他转身坐上他的那辆黄色的汽车，慢慢开走了。

过了没几天，我又收到一封从麦克德米斯皮箱公司寄来的信。

亲爱的特威切尔先生：

　　我们很高兴地听说您获得了一只活恐龙。您也许还不知道，我们是优质手提皮箱皮包的制造商，专门选用各种非凡的皮革，例如小水牛皮，非洲大羚羊皮，幼鲸皮和西印度群岛的大蜥蜴皮，精制各色皮箱皮包。我们想到，您也许乐意让我们把您的恐龙用于此目的。我们保证酬谢从优，因为日前市场上还没有恐龙皮。

您的忠实的

爱德华·麦克德米斯

董事长

　　我很不喜欢这个建议。想要用比兹利舅舅做成一个手提箱，一想到这个，我简直是就浑身直打哆嗦。

　　就这样，事情持续了大约一个星期，每天差不多只有二十人左右会来。有些人想法相当古怪。记得有一位先生，他带了一台磁带录音机来到我家，他说，他打算录下这"史前时代的声音"。他弄了多半个下午的时间，想使比兹利舅舅发出某种他想要的声音来。他冲着它嗥嗥叫，吱吱叫，汪汪叫，甚至还学虎啸狮吼。最终，这个人终于放弃了，一直嘟嚷不停，我敢打赌，他可能再也不想录音了。末了，他失望而归。

　　恐龙发了疯似地拚命猛长，到八月中旬，它就已经有五英尺半长（连尾巴一块儿算进去），约二英尺半高。才只有五天工夫，它就长得那么的重，那个厨房里的磅秤已经没法给他过磅使用了。之后，我们只能用两台浴室用的磅秤来替代，上面再搭上一块大厚木板，然后让比兹利舅舅慢慢站上去。我们再把两台磅秤的读数记录下来，之后加在一起，再减去厚木板的那个重量再去计算。齐默博士的笔记本上是这样记录的：

　　8 月 12 日　重 106 磅　长 5 英尺 1 英寸

　　8 月 13 日　重 121 磅　长 5 英尺 3 英寸

　　8 月 14 日　重 144 磅　长 5 英尺 6 英寸

　　你可以明显看出，它每天都在不断快速地长。博士是对于这一现象感到最吃惊的一个人。他从来都不知道会有什么动物长得这么快。他去瞧比兹利舅舅大口吃东西的时候，总是静静地站在那儿，眉头紧锁。

　　"我清楚爬行动物会长得比较快，"他对我说，"拿鳄鱼来说，它们能在五年之内长到六英尺长，等它们长得足够大了，有能力照料自个儿了，它们就放慢了生长速度下来。两星期这个家伙几乎长到六英尺。过去三角龙生活在巨型动物时期，我认为，为了生存，它们不得不长得这么快。但是……这生长率还是令人难以相信。我感到奇怪……可能是现代大气的质量和六千万年以前大不相同，也可能是它加速了新陈代谢。当然啰，这仅仅是一种推测。内特，可是不管怎么说，它要是照这样的速度长下去，问题可就麻烦了。"

　　给恐龙弄草吃，已经成了很麻烦的问题。仅仅几天，我们已经搞光了周围的草。我必须去街尾老斯潘塞那里去搞，那儿的草正长得欢。后院和房子周围都有。我和乔·钱皮尼一起去，我们驾上我的那辆老推车，立起车帮子。用大镰刀轮流打草，到够它一天吃的，就把草往车上堆，再用晒衣服的绳子把草捆好，拖回家。这真是一件费劲的活儿。看见一头扎进绿草堆里比兹利舅舅，吃得那么带劲，辛苦终究还是很值得的。

　　时间短，这样做还可以应付。后来一天不得不跑两趟，因为一车草已经不够它吃了。乔·钱皮尼也开始不停地抱怨说，他再也没时间去钓鱼了，斯潘塞那里的草也搞得几乎都空了。爸爸建议我们去请老亨利·史密斯用他的拖拉机每两天给我们送一次草。亨利·史密斯的工作是给镇属公路割路边上的杂草。他的割草机都得开出去大部分时间。这个主意真好。齐默博士去汽车修配厂借来一辆拖车。为方便我们可以拖回一大堆草，卸在我们家的后院，一次够它吃两三天。

　　这时候，这个小栅栏里已经容不下这只大恐龙。据它出生大约一星期的时候，我们就不得不放弃围栏。拴住它是惟一的办法。我们找来了一条拴牛的铁链子，和一个结实的皮套，又把一根大撬棍楔进土地里做桩子，把链子拴在上面。这个办法很不错，比兹利舅舅也好像并不生气。它跟我关系很好，从来没咬我，或者用它的犄角来戳我。但是，它对别人可就有点烦躁，而且它不喜欢吵吵闹闹的声音。他只会对其他的人不高兴，发脾气。

齐默博士告诉我，应该让比兹利舅舅每天锻炼锻炼。我一般在早饭以前带它出去散步，那时候四周还挺凉快，挺安静，我先带它走到学校，再带它走回来。带着这么一个稀奇的大动物在身子后面漫步，感觉真是有点很奇怪。它的脑袋慢慢地晃悠，粗大的尾巴扬起一股尘土。

第十一章

比兹利舅舅一个劲儿地快速生长。根据齐默博士的笔记八月二十日，它是身长六英尺九英寸，体重为三百六十磅。到了八月底，身长九英尺，体重七百九十八磅。它实在是太重了，所以我们不得不放弃那两台浴室磅秤，改用比曼饲料店门前称干草的那台老秤。当我们每天把比兹利舅舅领到那里去称体重的时候，人们纷纷跑到他们房前的走廊上围观，镇上的孩子们全都在我们后头紧跟着。他们不敢挨得太近。比兹利舅舅的犄角一直往外长。它看上去像是一辆装甲坦克。

饲料店的比曼先生，喜欢跑到平台上看我们过磅。

"博士，早上好，"他说，"内特，今天早上它的读数是多少啊？"

我先在秤杆上拉动秤砣，找平。"8—7—9，"我喊着读给他听，另一边，齐默博士把数字写在笔记本上。我记得，那天是九月二日。

"内特，你打算冬天怎么办？"比曼先生问我，"青草吃完以后，你们这个大动物又会很快啃掉全部的干草。你们是不是应该给他弄个棚子？"

"不知道，"我摇摇头，"我以前也没养过恐龙。"

齐默博士什么也没说，后来才跟我详谈了起来。

"内特，"他说，"你们这儿冷天什么时候开始？"

"九月中旬第一次霜冻就会到来。怎么啦？"

他看上去挺严肃的。"好啦，有些事儿你应该知道，"他说，"你应该知道，恐龙是一种大型爬行动物，它们的身体受不了太冷的天气。你知道乌龟们在冬天怎么过冬吗？"

"当然了解，"我告诉他，"它们会钻到湖底的淤泥里，整个冬天都躲在那儿。”

“对了，”博士继续说，“它们不吃，几乎也不呼吸。爬行动物都是冷血动物。它们没有什么办法来使自己的身体暖和。冷天一到，爬行动物的身体就开始变冷，它们的活动也会慢下来，一直到停止。它们不能生活在寒冷的气候里。

“很可能就是因为白垩纪末期的一次寒冷的天气，致使恐龙彻底绝种了。说恐龙只能生活在温暖的环境下。三角龙是最后的有角恐龙，但是我也怀疑它是否有能力受得了冬天的新罕布什州。”

我早就意识到这一点了，我还老是刻意避开这个念头。就好像快过完暑假，心里明明知道快上学了，可总是不愿去想这件事一样的，因为想起来，脑袋就疼。其实我早就预感到比兹利舅舅在这过不了冬天，因为它身上一点毛都没长。我一直没说，因为一旦说出来，结果将是我所不喜欢的，那就是——我已经没能力再养活这条大恐龙了。

齐默博士看了我一会儿，继续说。“惟一的办法是，”他说，“进入冬天就让它呆在屋里，呆在一个暖和、干净而且通风好的地方。不过我认为你妈妈绝不会同意让它整个冬天呆在客厅里的。”

“对呀，我也认为她是不会同意的。”我说，同时自己也觉得这挺让人发愁。

“对了，还有一个饲料问题，”齐默博士继续说，“我们差不多已经割光了邻近所有的青草，我们得开始买草料来喂它。它又不怎么喜欢吃干草，如果想要在冬天满足恐龙的胃口，可得花不少钱呢。”

“那么，您认为我们该怎么办呢？”我问，其实心里很明白他接着会说什么。

“我只能建议你把它送到博物馆或动物园去，因为在那里，它能住好，吃好，也喝好。本来，凭一己之力养一条恐龙，是十分费事的。你已经尽了最大的努力，把它养得很乖巧，但是现在的情况实在太困难了，你一个人肯定是对付不了的。我们必须向别人伸手求援。但是把它送走，会叫你很难受的，内特，是吗？”

我强忍了好几回眼泪。“是的。”我说。我转过身去，开始用脚踢起枫树的树干底部来。我觉得我的眼睛有点不怎么听话，我不想让博士看到我在哭鼻子。他在那儿站了好久，用手摸着下巴颏儿望着我。

"内特，听我说，"他说，"你可不可以到湖里去，去看看能不能钓上几条鱼来做晚饭？带着乔·钱皮尼一块儿去，可以吗？我下午还要出去办点事，等我回来我们再好好谈。嗯——你爸爸现在在车间里？"

"他在那儿呢。"我说，我横过马路去找乔去钓鱼。我们拿起鱼竿和鱼食罐儿就下湖去了。上船之后，我把两个当锚用的重物用力拉上来，再把船推下水去。待我们划到湖心，乔就把锚放进水里去。当锚沉到湖底时，水面冒起了一股水泡。

我们在钩上挂好鱼饵，把线扔进水里。身体向后一倚，把脚搭在了船帮子上。这是夏末安静的一天，时间过得很慢，一切都显得那么安宁，平静。岸边，有些地方已经开始抹上了星星点点的红彩，那是因为枫叶红了；远处有几只乌鸦呱呱呱呱叫。你可以听到从水面上传来声音。

乔觉得有鱼上钩！把线拉了上来。像以往那样，鱼食已经被鱼叼走了。这些翻车鱼可精明了。他又把鱼食挂上，把线放下水去，只见线的四周泛起一圈圈细小的波纹。

"内特，怎么啦？"乔问，"看来你有点儿心不在焉。"

"这回我必须得把恐龙送到博物馆去生活不可啦，"我说，"冬天一到，它在外边呆不住。"

"哎！真倒霉。难道你不能把它搁在那些有棚子的地方吗？你可以去借用西蒙斯家的老车房嘛。"

"还是太冷，"我说，"齐默博士说恐龙是冷血动物。它们只能呆在有暖气的地方。"

"哎，不论怎么说，你总可以去尝试一下嘛。为什么连试都不试呢？"

我摇摇头。"最好还是别试了。它会死的。它要是死了，我可怎么办？我已经答应了莫里森教授，要想尽一切办法让它好好活着。现在看来非把它送走不可。"

"内特，太可惜啦。"乔惋惜地说。

"不说了，没准什么时候我还可以去看看比兹利舅舅的博物馆。不过到那个时候它可能会把我给忘了。"

今天我们运气一直还不错，当太阳落到树梢儿的时候，乔已经钓了三条中等个儿的鲈鱼，我也钓了一条大约有一磅半的大鲈鱼和两条河鲈。我们把船系好，走回镇子。

齐默博士要在咱们家吃晚饭，妈妈说。她叫我抓紧时间把鱼拾掇干净，晚上煮来吃。我先打了一桶水放在后台阶上，开始洗鱼。辛西娅也走出来，削土豆儿。

"那个我知道的事儿，你是不是还不知道呢？"辛西娅低声问。

我说："什么事？是晚饭有紫黑草莓饼吧？"

"不是，"她低声回答，"不是吃的事。是有关你的事。今天下午，我路过的时候无意中听到齐默博士和爸爸、妈妈在谈起关于你的事儿。"

"什么事，快说！"

"暂时还不能告诉你。"她说，接着又开始削另一个土豆儿。

"就暗示一下，好不好啊？给一个小小的暗示。小妹。"

"行吧，就是关于你和——"

"辛西娅！"妈妈喊了出来，"不许现在泄露机密。别忘记跟我们怎么交待的。"

"我什么也没说，妈妈。我什么也没有打算告诉他。什么都不告诉，真的。"

"那就好，"妈妈说，"现在就快点把土豆儿削完。让我们再一起来弄这些鱼吧，别忘了去喂小鸭子，内特。辛西娅，快去给我摘一些四季豆来，末一排的豆儿是最大的。"

终于弄好了晚饭。我们坐了下来互相瞧着，爸爸把鲈鱼也端了上来。它可真是美味，差不多够每个人吃的，碟子边上还塞着些河鲈。我们还有油煎土豆儿，上面有一层油汪汪的奶油，妈妈还在上面撒了点芹菜。四季豆的味道真是鲜美。妈妈还额外做了玉米松饼。我都快把肚子撑破了。

吃到最后，我才有一点时间看了看周围。大伙儿好像在互相交换着眼色。齐默博士不自觉地扬起他的眉毛，他总是看着爸爸，爸爸也同时又冲他点点头。

"好吃，"博士用餐巾擦了擦嘴，开腔说，"内特，你如果能够休息一会儿再吃，我就提一个小小的建议给你。"

这就要来啦，我害怕。他难道真的建议把我的恐龙带走？

"内特，你记得，今天早上我们谈过有关恐龙过冬的事儿，在这儿它冬天找不到合适的地方，你也同意。我现在有一个建议给你，不知道你会觉得怎么样。如果要是你乐意的话，我们打算把恐龙运到华盛顿去。我们打算让它生活在国家博物馆里。你仍然是恐龙的主人，只不过是由博物馆供它住处和吃喝。你看这个建议好吗？"

我想，博物馆能那样做，那真是太好啦。他们倒是非常慷慨，喂它，照顾它，替我养活比兹利舅舅，我和它分得很远，我根本就没有机会去看它到华盛顿。对于这个主意，我寻思了一会儿，显得不太热心。当我再次抬头瞧齐默博士时，我发现他的眼睛里闪烁着期待的光芒，嘴角一直在动，像是要笑出来。

"当然还有，"齐默博士继续平静地说，"不用猜，你也要跟着我们去，因为我们很需要你帮着去照顾——"

"什么？"我几乎喊了出来，"啊，你可以让我也去？好家伙！"我转念又一想，事情也许没那么简单。我瞧着爸爸和妈妈，想看看我到底有没有这个可能。事实上，我自己心里有数，觉得这件事希望不太大。

"妈妈，行吗？"我问道，"这个机会实在太难得了，到那里我可以学到很多东西。我能去吗？您刚才没听见博士说吗？他们很需要我去照顾比兹利舅舅。"

"是呀，沃尔特，你说呢？"妈妈说。她并没有像我所预料的那样激动。好像谁都不太感到意外。我寻思，他们一定是早就商量好了。这也一定就是刚刚辛西娅那会儿所说的。

"我认为，内特已经是个大孩子了，出门儿十天半个月的，应该会自个儿照顾自个儿的。至于家里呢，没有他肯定也行。当然啦，他在家里有很多活儿，我想我们可以请乔·钱皮尼来帮你干你的活儿，比如喂小鸭子啦，弄劈柴啦。"

"那也得算给他工钱，爸爸，是吧？"我如果有钱，我会非常乐意自己去付钱给乔·钱皮尼。

"内特，你可以用你的工资来付乔的工钱。"齐默博士建议说。

"可问题是我没有工资。"我说。

"你以后会有的。博物馆会每星期给你二十五块钱作为你的工资，你可以从这里面付工钱给乔。"

"天呐！"我说，"简直是太完美啦。我们什么时候出发？"

齐默博士摸着下巴颏儿说。"嗯，博物馆得先花点时间来为恐龙的到来做准备，我们也得去安排一辆卡车。我看近个把星期内暂时还走不成。"

我说："学校九月九号开学，那样的话，我就在博物馆里呆不了几天。当然，那样也比不去强。"很显然，我不能让他们产生误会，认为我不想去。我可能刚到那儿不几天．学校就开学了，那可真是太遗憾了。

"啊，内特，顺便告诉你吧，"爸爸又说，好像他突然想起了什么大事儿似的，"我今天已经跟你们的校长詹金斯先生谈了有关问题，他说，要是开学以后，你有需要外出，会帮着国家照顾你的恐龙的情况，他可以准你……呃……准你四个礼拜的假，我记得他是这么说的。他认为，在那里你可以学到非常多的东西，所以耽误一点课还是值得的。"

"真是这样吗？"我问，"詹金斯先生实在是太好了！我真的想不到他会这么说。"

"但是孩子，这并不是他的全部的意见，"爸爸又说，看了妈妈一眼，"他一再强调，不能把你的功课耽误了，在你离校的那段时间内。"

"那是必须的，"我说，"我一定会比平常更加努力学习的。"

"我也敢保证你办得到，而且还不用太累着自己。"妈妈笑着说。辛西娅又在那里一直咯咯地偷笑。这次我心里真的很高兴，要是在平常，我早就在桌子底下偷偷给她一脚了。

"你如果打算学习科学，"齐默博士继续说，"我们博物馆有好几位科学家，可能对你学习有帮助。你在博物馆里，你去肯定也能学到很多东西。从我们那儿，穿过摩尔大草坪，就可以到达史密森学院。工艺博物馆也在那里。往下一个路口，可以看到国家艺术画廊。还有国会图书馆、最高法院、国会。如果你喜欢天文学，那里还有海军天文台。我认为我们一定不会使你的功课全都因为它而荒废了。"

"哎呀呀，"我说，"这么说您都安排好一切了，那么我可以到去华盛顿整整一个月啦，同时还能领到工资，甚至还可以不用上学？天呐，我这不是在做梦吧。我真走运！"

我太高兴了，一点都没注意到我吃的是什么甜品。这样的事儿，在我的生命中并不是经常有的。

第十二章

九月六号早晨我们出发去华盛顿。头一天卡车就来了，我们在车上垫了许多稻草。还有一辆装的全是青饲料的拖车。我们走得正是时候，因为自由镇的青草已经差不多被它吃完了。我认为，我们已经割光了四周方圆几英里的青草。

最近夜里也变得挺凉，比兹利舅舅表现得有点发蔫，直到它暖和过来才会好一些。我们出发的那天早上，天气不是很好，阴天有雾。我们当时几乎没有办法让恐龙跟我站起来上车。现在它可真是个大家伙。齐默博士的笔记本上那天记的是：长为十英尺六英寸（不准确测量，因为它尾巴太大），重达一千一百四十磅，我们还在卡车上搭了几块厚木板当作跳板在后挡板上。但是我们没法让比兹利舅舅走上去。它就是死死站在卡车后面，慢慢地、不断地来回摆动着它的大脑袋。我站在车厢里边，用力拽在那根拴在它脖子上的大铁链，爸爸齐默博士还有卡车司机在使劲它后面推，但是还是不管用。它纹丝不动地站在那里。

最后，我突然想出了一个主意。我赶快跑到帕森斯太太的花园里，偷偷摘了一枝剑兰，马上带回到卡车这儿来。我把剑兰在比兹利舅舅面前晃了晃，又放在它鼻子跟前让它闻了一下。这下子它就有点明白了，抬起脑袋，叭哒叭哒地就随着我走上了跳板。进入了车厢，眼睛直勾勾地盯着我手上的剑兰。当它一上车，卡车的弹簧片就被它压塌下来了。待它整个身子都进来以后，我顺手把剑兰给了它，并从卡车后门溜了下来。然后我们锁上后门，拴好。

爸爸、妈妈和辛西娅都站在车旁边给我们送行。妈妈问我有没有多带了一套睡衣，爸爸叫我给家里写信。齐默博士忙着跟大伙儿告辞，说了"再见"，又说"谢谢"。司机小声提醒我们，要是我们想在圣诞节以前能到赶华盛顿的话，最好现在马上就出发。我便快速把我的手提包放进齐默博士的轿车里，然后就钻进了卡车的驾驶室。因为我得去负责照顾比兹利舅舅，以免它一路上让各种乱哄哄的声音弄得兴奋了。但是我并不知道，怎么个照顾法，至少它透过小窗户能看到我，明白我跟它一起去。

卡车的引擎终于发动了。我从驾驶室的窗口向他们不断挥手告别，卡车上路之后。我还看见爸爸、妈妈和辛西娅站在屋前在向我挥手。但是不一会儿就看不到他们了。后来，树又挡住了我的视线，最后连我家的房子也看不见了。我还是第一次这样儿离开家，可能是因为我实在太兴奋了，所以也没有怎么去仔细想它。

大约我们是在早上六点半左右出发的。当我们顺着奥西比湖行驶的时候，周围的一切还都笼罩在薄雾之中。我一直往后瞧，勉强还可以看见跟在我们后面的齐默博士的小轿车。卡车司机的名字叫迈克·芬尼。他还告诉我，在华盛顿，应该去看看哪些地方。比如华盛顿纪念碑啦，还有什么动物园。他还说，他在国家博物馆已经工作了二十年了，几年前，还曾经跟着一支考察队出了一趟差，去怀俄明州搜集化石。

"我们去的地方被称作科莫峭壁恐龙坟场，"他解释说，"它正好位于怀俄明州梅迪辛·波的外面，那可真是我所见过的最吓人、最偏僻的地方，根本没有一个人，光秃秃的，地上都是些巨大的不知名骨头化石。实话告诉你，当那次出差一结束，我可高兴坏啦。你如果想知道我个人对此的看法，我真的不想去找那些个骨头之类的东西。给我个活的动物，让那些老骨头都留在那儿安静躺着吧。这就是我个人对这件事的看法。"

过了一小会儿，太阳出来了，薄雾也渐渐散去，这天正是人人都喜欢的秋高气爽的九月艳阳天。沿途的那些干草地，被拾掇得整整齐齐，显得干净清爽，就像在秋天人们通常做的那样，叫人打心眼里觉得痛快。在这个时间段，我们一路上几乎看不到一辆汽车。

我们的第一站到的是曼彻斯特。在我们刚刚进入这个城市的时候，有一个人驾着一辆挺漂亮的大轿车的想超过我们去，并且在我们的卡车旁边使劲地按喇叭。这一下应该是把比兹利舅舅吓坏了，因为我听见它在后面的车厢里大口大口地喘气，它的犄角还碰到了车帮子上，弄得梆梆直响。我便从后窗户望去，不停跟它打招呼安抚它。过了好久，它才逐渐安静下来。它真的不喜欢汽车的喇叭声，这大概会有点什么原因的。所以自那以后，当喇叭声太近的时候，我就得赶快去安抚它。

这可真是一趟很远的旅行。每当通过一座城市，迈克·芬尼就读它的名字给我，这样，我就可以在地图上知道我们已经到了哪儿了。我能顺着我们的行车路线，清楚我们已经通过了伍斯特、马萨诸塞、康涅狄格、哈特福德。对啦，我记得我们还通过了纽约。因为那里的汽车喇叭响起来没完没了的，我不得不跟比兹利舅舅一次又一次地"谈"了又"谈"，安抚它不要梆梆地撞车撞得太响了。

一过纽约，就有点凌乱了，我不知道刚刚离开的那座城市怎么称呼，也不清楚下一座城市叫什么。我以前从来没见过那么多的房子，那么多的烟囱，那么多的工厂和各式各样的东西。这个地方看起来应该像是一座大城市，但是到处都是灰蒙蒙的，四处的烟雾腾空而起，整个天空被熏得乌烟瘴气的，让你根本就弄不清楚这究竟是好天还是坏天。记得我们通过费城时，已接近傍晚了，于是我们就找个地方停下来解决晚饭。在那个餐厅里，你只要把一个硬币放到桌子上的一个普通小盒子里，在什么地方就会有音乐演奏起来。迈克·芬尼特地教我怎么做。可以去按那个红色的按钮来挑选你要听什么音乐。我特地挑了一支"南美大草原之夜"。因为好像只有它不是软绵绵而忧伤的曲子，但它的音乐却十分刺耳。齐默博士说，吃硬币音乐机是当今现代文明的一大特色发明，不过我认为他多半是在逗我开心了。

这时候天已经全黑了，我们又继续开车上路。车灯不断地一闪而过，不大一会儿的工夫，我就睡着了。因为再往下，我记得我听到的是齐默博士的说话声："迈克，很好，你先把车倒到后门去吧。"我坐起来向外一看，我们已经到了一座黑色的大楼附近。卡车一停下来，我就马上钻出了驾驶室，并且绕到卡车后门。

"嗨，内特，"齐默博士喊道，"欢迎你到我们华盛顿来。我们让你辛苦了吧。"

"博士，不用为他操心，"迈克·芬尼说，"从威明顿起，他一路上睡得可香了。"接着他打开卡车的后门锁，我们先把后挡板放了下来。接着齐默博士打开大楼的其中一扇大门，又拧开了电灯，这样一来，我们卸车就可以看清楚了。卡车车厢板正好和卸货平台一般高，所以就用不着跳板。这实在太好了，因为比兹利舅舅身子实在是太长，在车厢里根本没法转弯，可是又不能让它往后倒，因为那样更费劲儿的。迈克·芬尼负责抱住它的尾巴，以给它掌握正确的方向，齐默博士和我在前面，负责抓住它的犄角使劲往后推。同时我还不断地和比兹利舅舅谈话，以不至于它兴奋起来。一开始的时候它不想动，最后它终于好像理解了我们的意思，配合的一步一步地退出了车厢。然后我们让它转了一个弯，领它进了大楼。

顺着一条长走廊我们一直慢慢走下去，就在前边拐角的地方，还差一点撞翻了正从那里出来的肯尼迪博士。他向后紧贴着墙，吓得大气都不敢出，以便让比兹利舅舅过去。

"我的上帝！"肯尼迪博士说，"它已经跟马一样大了！要是这个样子带它一起散步，太危险了，不是吗？它犄角的模样我不太喜欢。"

"你就不用担心，"齐默博士说，"内特会知道怎么安抚它。"

后来我们让恐龙进到大厅后面的一个很大的房间里去。地板上铺满稻草，还有一扇上面钉上了铁条窗户。在门口还有一扇结实的大门。

"我终于给你们弄到了青草，"肯尼迪博士一边说，一边指了指墙角的一大堆青草，"我们不得不一路走过去，一直到盖瑟斯堡才弄到可费劲啦。这些全是今天早上才打的新鲜青草，大约有半吨吧。"

"好，太棒啦，"齐默博士说，"这里事事都准备妥当了。现在，我得去跟值夜班的人去交代一下。内特，然后，到我的公寓去，赶紧上床休息。"

我们向迈克·芬尼和肯尼迪博士道了晚安，之后，齐默博士和我便走了出去，在拐角处绕出了博物馆。

我顺着他的手指方向看，在一个很广阔的广场的对面，有一根又高又大的尖柱子在天色的衬托下，直戳天空，而且它是全白色的。它看起来很漂亮，轮廓鲜明，显得那么干净。

"内特，那就是华盛顿纪念碑，"齐默博士解释说。然后，他又指着相反的方向说。"那边就是国会。"

我朝着他指的地方看去，看到一个长长的建筑物，整个建筑物都亮着灯，上面还有一个大的圆屋顶。这是我以前从没见过的最壮丽辉煌的建筑物。我认为这个景象，我这辈子永远不会忘记。

"内特，走吧，"博士一边说，一边又拉了拉我的胳膊，"我们得赶紧睡一会儿。以后的几个礼拜，你会有充分的时间去观光。"

第十三章

齐默博士的公寓位于离博物馆大约半英里，第十二街。开始，我听见整夜那么多的汽车从窗户下面开过，感到非常奇怪。我想，不管多晚，在城市里，总会有那么一些人是醒着的。白天，那些个乱哄哄的声音，你也许不太注意，可是当你黑夜中躺在床上的时候，各种交通工具的声响可就一股脑儿冲进了你的窗户，同时白晃晃的灯光，来来回回地映在天花板上。一开始，它搞得睡不着觉，但没多久也就习惯了。

我每天的头一件事就是领着比兹利舅舅出去散步。齐默博士说，我们虽然已经把它养在博物馆里的一间房子里，但是，每天保证让它换换新鲜空气，锻炼锻炼，是非常重要的。在天冷之前，我们还可以到户外去活动；但是等天一冷，就只好让它在室内锻炼了。当然，大白天我也不能领着恐龙在马路上四处溜达。齐默博士说，华盛顿的人们，还不怎么习惯有一条恐龙，所以少见多怪，如果碰上了，他们很可能一拥而上，造成混乱，到时候警察就要来找我们的麻烦了。而且，肯尼迪博士也要我们保证尽可能不让比兹利舅舅被外人看见。他不希望成堆的人拥进博物馆，把路都堵上了。

"依我看来，"肯尼迪博士接着说，"我们一定避免这个动物被公众接触。如果他们知道我们得到了一条活恐龙，那么我们这里就会被挤得水泄不通，这不仅危害它的健康，也会妨碍我们的工作。公众对恐龙是没有任何科学兴趣的。他们只是呆头呆脑地看热闹。我为什么不向报界透露我们的恐龙已经到这里，就是这个原因。我们最好不要去张扬这件事，好让自己有一段时间来研究这条恐龙。我甚至还没有告诉警察局这件事呢。"

就这样，我们决定训练比兹利舅舅的最佳的时间应该是在一大早起，就在街上还没有什么人的时候。所以，每天早晨大约五点钟，我就得起来，那时候外边还是黑糊糊的。然后我就穿好衣服，吃过早点，就马上到博物馆去。城市的清晨是很不错的，马路上空荡荡的，四处还没有什么人，也十分安静。我顺着第十二街往下走，先横过宾夕法尼亚林荫道，再穿过宪法林荫道，之后就到了国家博物馆。

我从后门进去，然后告诉值夜班的人，我是来领恐龙去散步的，他就会把门打开，让我出去。因为他也不怎么喜欢和比兹利舅舅靠得太近，所以他总是站在门后头。

"我不太明白你为什么敢接近这么一个巨型大家伙，"他告诉我说，"没准什么时候它会把你变得跟肉馅儿一样的呢。"

"不会，它是相当听我话的，"我说，"它除非激动起来，不然是决不会伤害任何人的，它跟我挺熟。你明白，从它一孵出来，就由我就一直在照顾它。"

我们通常散步半个小时在摩尔大草坪上。所谓的摩尔大草坪就是在华盛顿纪念碑跟国会之间的一块很大的草地。通常是没有人到这儿来的，偶尔会有个人牵着狗远远地在格兰特将军雕像前路过，或者有时有送牛奶的卡车路过。估计出来的时间足够长了，我就回博物馆去领比兹利舅舅，让它平安地回到它的屋子里，这时，街上还没有什么人呢。

每天早上，当齐默博士到博物馆以后，他总是问我一些科学上的问题让我去解答，比如煤的形成啦，蝴蝶的生命周期啦，或者覆盖北美洲的冰川是怎么回事，然后我就在博物馆里四处找答案，认真地钻研，找有关的展品，抑或是画出一张有关答案的图来。弄完这些之后，我就会到齐默博士那儿去，告诉他我所找到的答案。之后我再到博物馆馆长办公室去，馆长会给我一些博物馆让我算的账单；当我算完一部分之后，秘书总是让我在计算机上再来算一遍，看看我的答案是否正确。在博物馆里，我真是学到了很多东西，而且比学校里有趣得多。

有时，齐默博士有空儿了，他就会带我去一些别的地方，例如最高法院，或者档案馆。当我认得周围的路以后，就会独自出去走走。我最喜欢去的地方是杰佛逊纪念馆。它是一个圆形的大建筑物，全部都是用白色的大理石砌成的，它坐落在叫作潮汐盆地的河湾旁边。我想起来了，他们以前说过，这些大理石都是从佛蒙特州运来的。不管怎么说，我就是喜欢它。在它的里面，还有托马斯·杰佛逊的雕像。绕着圆屋顶，还刻着他以前说过的一句名言，我记不得原话是怎么讲的，但大意是说，他认为不太好的做法是替别人作出决定。齐默博士说，他也非常喜欢这个建筑物。

好啦，我们就这样差不多过了有两个星期，在这段时间里面比兹利舅舅继续长它的个儿，我们想办法尝试用各种不同的食物喂它，因为青草太难找了。最后我们决定用紫苜蓿作为它的食物，之后再给它大约五十磅的家禽吃的那种谷糠饲料，算是"饭后甜食"。它一天总是得吃上四袋紫苜蓿，大约喝上三十多升水。我从来没见过这么大的胃口的动物。到九月二十五日，它已达十六英尺身长，重二千六百七十四磅。它的上犄角差不多和我的胳膊一般长，鼻子上方的下犄角也有上犄角的一半那么长。它的头也长到了三英尺长，它的骨颈圈已盖过它的肩膀和脖子。

它非常强壮。我们已经不用拴牛的铁链子和皮套儿了，因为实在找不到一个和它的脖子一般大的皮套儿。再说，它如果想要挣断铁链子的话，也一点用不着费劲儿。我换了一个办法，用绳子拴在它左上犄角上，牵着它。我领它上街时候，它如果打定主意要上哪儿去，我也没有一点办法，只好依着它。齐默博士说，恐龙的脑子很小，所以不太聪明，但比兹利舅舅因为认识我，信任我，所以总是跟着我到处走。这可真是件走运的事儿，因为我实在是拉不动它。

有时候，趁一大早，周围还没什么行人的时候，我就爬到比兹利舅舅的背上，骑着它溜一圈儿。爬到它背上去最简便的法子是，用左脚蹬在它的一支大犄角的根部，再用力拽住它的骨颈圈，翻身跨上去。坐在它背上的时候，有点往前滑，不过它的皮像砂纸似的挺粗糙，所以还不至于太光滑。我把绳子向左拉或者向右拉，就能很好指挥它。它走得并不快，所以我不会有什么危险，也不用担心它会撞上什么东西。

可是，有一天早上，发生了一件可怕的事情。时间大概是在月底，我像平常一样，领着比兹利舅舅出去做早锻炼。记得那天清早，雾气沉沉的贴着地面，但高处的天空还是比较晴朗的，我能看得见在高空中矗立着华盛顿纪念碑的顶端。我就爬到比兹利舅舅的背上，它就开始慢慢地往前走。我领它朝华盛顿纪念碑慢慢走去。在早晨骑着恐龙漫步，像这个样子，是非常有意思的，因为摩尔大草坪周围的大厦，比如农业部啦，州际商业大厦啦，都隐没在雾中，看上去像是灰蒙蒙的岩石和峭壁，我想象着自己是史前时期的人，现在骑着恐龙到处逛，去开辟新天地，寻找新大陆。那可真是令人心情亢奋哪，可是没过多会儿，就发生了更叫人激动的事儿了。

当我们走到第十四街时，我便下来牵着恐龙过马路，因为怕有汽车开来。接着，我又爬到了它的背上，继续朝着通往纪念碑的小山坡走去。我感觉得到，恐龙的肩膀在我身子底下左右晃动着，也看得见，它脖子上和腿上的大块肌肉，在它的厚皮下左右滑动着。我让比兹利舅舅稍微歇一会儿，到达小山顶以后。雾消了点儿，我能望过潮汐盆地，瞧见杰佛逊纪念馆。但它还是显得挺模糊的在灰雾中。我想，我还是骑到潮汐盆地去吧，在近处看吧。我顺利地到了第十五街和独立林荫道的交叉口，一路上都没有事儿发生。这时，交通信号是绿灯，所以我想我们可以安全地骑过去，于是就迈步走了起来。比兹利舅舅叭哒叭哒地走着，大概脑子里只想着它自己有关的事儿。当我们横过马路大约到了一半的时候，一辆小吨位运货卡车突然开了过来，并在我们的右边停下。这使我有些担心，因为我们要尽可能不让比兹利舅舅被公众见到。于是，我想尽快把它带走。可是比兹利舅舅的速度慢得要命，还没等我们走到独立林荫道的对面，交通信号就变红了。卡车司机他没等我们过去，就犯了一个大错误。就一直按喇叭，而且正冲着比兹利舅舅的耳朵响。

比兹利舅舅生气起来了。它一直不喜欢别人冲着它按喇叭。它摇摇摆摆地转过身子，冲着卡车就过来了，它的大角往里一叉，大头往下一拱，轻易地就把卡车顶翻了。司机吓得从驾驶室的窗口逃出来，顺着马路跑了，同时嘴里还大喊救命。

我赶紧从恐龙的背上跳下来，领它到卡车的另一边，好让它再把卡车顶回原位使车站起来。然后，我拽紧拴住比兹利舅舅的绳子，催促它赶快横过独立林荫道向回走。我已经看不见卡车司机了，不知道他吓得跑到哪儿去了，所以就直接回博物馆去。我隐隐感觉到，这下子可捅大漏子了，所以最好在麻烦找上门来以前，得先让比兹利舅舅先平安地回到它的房间里去。

齐默博士一来，我就立刻告诉他刚才发生了什么事，他认真听着。

"我们早就应该预料到迟早会发生这类事情的，"他说，"那条恐龙确实不适应现代的交通条件，它实在是马力有余，但是速度不足。因为三角龙并不需要依靠速度。它们属于倔强而沉静型的动物。它们喜欢只顾自己的事情，有什么东西如果想去找它的麻烦——我可以肯定地说，那么你瞧吧！它的力气可不是开玩笑的。"他看着我，咯咯地大笑起来了。"内特，人有时也是这样。特别是你们那儿的人。"

"本来，那个家伙如果不在我们跟前按喇叭的话，什么事儿也没有。这件事就是这么引起来的。比兹利舅舅只是转了一个身，就不小心把卡车给顶翻了。要是他不那么按喇叭呢，根本就没事的。"

博士微笑了。"我想，按喇叭是现代交通的一部分。装上喇叭人们花了不少钱，所以他们认为，他们有权按喇叭。"

"您认为警察局会怎么处理？"我疑惑地问道。

"他们会告诉我们，我猜想，别再让恐龙上街了。反正我们不久将来也得放弃早晨的散步，因为往后天气就太冷了。你不用操心，内特。"他说，"我们会有办法去处理好的。"

但是，我不能不着急，因为我不知道警察局会不会谅解恐龙等等这类事情，博士根本没有把握。

第十四章

在那天早饭过了一些时候，我们接到了从哥伦比亚特区警察局的电话。

齐默博士拿起听筒，并且示意我去另一台电话上听。我尽量按我所能记得的，把它记在下面。因为这是一次很不平常的谈话。

这声音说道："喂，您好，是教授吗？我是警察分局的尼利上尉。我们现在正在核实一份报告。有一个人今天一早就来了，讲了一段荒唐的故事是关于有巨角兽。他说，他的卡车开到第十五街交叉路口和独立林荫道时，就突然看到了这个大家伙——他原以为是剥制好的带轮子的标本，突然可是没想到这个东西一转身，瞬间就把它的卡车顶翻了。他还说，当他爬出驾驶室的窗口，逃走以后，就马上来这里详细向我们报告。他说，他好像还看见有人骑在上面。而且好像还是个小孩。"

齐默博士很镇静地说："是这样吗?"

"教授,我实在并不想去打扰您,"电话里继续说道,"但是这个家伙当时是完全清醒的,所以我们认为最好还是去详细调查一下。所以我们回到第十五街的交叉路口和独立林荫道,看到他的卡车在那儿,但是已经立起来了。这个人不能去解释为什么,但是他反复地发誓说,当他离开那儿的时候,他的卡车肯定是翻着个儿的。当我正打算把那个家伙带回分局去继续查询时,我们的一个人在靠近队友行道的一块湿泥地上,发现了一个巨大脚印。这个脚印非常大,有四个脚趾头,有十四英寸长。我从来没见过这样大的脚印。我们就给动物园打了电话,他们表示,这倒是有点像特大的乌龟的脚印,不过他们表示他们的乌龟并没有逃跑。而且,他们并不认为一个乌龟会有能力顶翻一辆卡车。"

齐默博士说："我想,他们说得对。"

"但动物园说,你们是不是跟博物馆联系一下,所以我想冒昧问问您,对于这样的大脚印,您会有何见教,究竟是什么东西的脚印?"

"额,上尉,那好吧,我倒有这么一个意见,"齐默博士说道,"我可以相当肯定地认为,那肯定是一只三角龙留下的大脚印。"

"您刚说一只什么?"这个声音喊道。

"一种恐龙——三角龙。就像那个人所说的,它有犄角。"

"那好吧,教授。"上尉的声音听起来显得有点不怎么客气了,"但是那辆卡车被顶翻的时间在今天早上,而不是在几百万年以前。"

博士说："这个我知道,我们已经从骑这条恐龙的孩子那里详细了解了这个故事。"

电话那头稍微停了一会儿。"您再说一遍行吗,教授?我还是不太明白您的意思。"

"我说,我们已经从那个骑这条恐龙的孩子那里完整地听说了这件事。"

又停了一会儿。"教授,对不起,我只听见您好像刚才说什么'有一个骑恐龙的小孩'。我想,是我们的电话可能坏了吧。"

齐默博士耐心地说："是的,我是那么说的,我们这里有一条恐龙,今天早上，有个孩子带着它，去到外边去做早锻炼，哦——没料想到就发生了这次事故。"

这回，暂停的时间就更长了。这位上尉警官最后说："我最好还是过来看一下，跟您详谈这件事。"然后他就挂上了那边的电话。

上尉警官过了一会儿就来了。他是个高个子。下巴颏儿也挺大，看上去比较严肃。齐默博士就把他带到地下室去，让他看到了比兹利舅舅。

上尉警官说："上帝呐！你们竟然在这儿养这个东西，你们养他有多久了？"

齐默博士告诉他："差不多已经有三个星期了。"

"那么，您的意思也就是说，在这段时间里，你们每天早上都会让它出去，对吗？我们绝对不能让这样一种东西在大街上四处闲逛那很危险。今天早上弄翻了车，幸好还没造成什么伤亡和物质损失；可是下回你也许就不会那么走运啦。你们必须得把这个动物好好地锁起来。以后再也不能马虎大意让它四处乱窜了。"

当他走过大门时，还冲着比兹利舅舅一直皱眉头。他刚要转身出去，但是又很快地折了回来。"教授，还有一件事。在哥伦比亚特区，本区界内法令规定，禁止饲养大型动物。"之后他拿出一个小本子，开始翻查起来。"狗和猫，可以；仓鼠、兔子、豚鼠、白鼠，在一定的条件下也是还可以；但是，牛、马、绵羊、猪、山羊，还有别的家畜，全都不行。还有具有潜在危险性的动物，比如熊、浣熊、豹、猿猴，或其幼兽，不管圈养还是去放养，全都不行。爬行动物，也不行。您这条恐龙更不用说了，我很抱歉，教授。我给你二十四小时的时间，麻烦您把它从这儿请走。我对您只能尽力做到这一步。"然后他在笔记本上写了些什么，再啪哒一声合上本子，就好像说这件事已经没有必要再多说些什么了。然后，他径直走出了大楼。

"内特，这一下子，"齐默博士说，"我们该怎么办呢？"他摸了好久下巴颏儿，"我觉得，我们最好是把宝押在动物园上。你认为呢？"

他们如果能很好地照顾比兹利舅舅，那么我认为，对我来说，也没有什么不可以，我说。

博士说："放心吧，我相信他们会做到这一点的，它肯定会成为他们最受欢迎的展品，所以，对它照顾得好上加好也是极其应该的。我这就去给动物园的霍姆奎斯特打个电话，他一直是我很好的好朋友。"

然后他在电话里谈了好一阵子，才挂上电话，转过身对我说："霍姆奎斯特说，他们将非常高兴，能拥有一条恐龙。而且他们刚刚失去了一头大象，所以在象宫里正好空着一个围栏。这对于恐龙再合适不过了。室内有大房间，还有暖气设备；天气暖和时，在室外还会有大的围栏。环境比这里可要强很多。只是现在有一个难处。"

"什么难处？"我问。

"讨厌的政府。"齐默博士又用手托着他的下巴颏儿，"现在，政府正在开展一个大节约运动。他们以前也常常这样搞。因此，内政部大挤挤，特别是国家公园行政处。而国家动物园正是它直系下属的一个单位。他们的预算前些日子已经被削减了很多。这也就是他们那个大象围栏还空着的主要原因。因为大象吃得太多。我们的恐龙也不少，哎，内特。霍姆奎斯特还说，他简直是巴不得，得到你的恐龙，他担心的只是那预算。不过，他还是叮嘱我们无论如何也要把恐龙送到他那儿去，我们也只能盼着走好运吧。"

第二天一大早，迈克·芬尼就又把他的卡车开来了。他把车倒到博物馆后门，我们慢慢地让比兹利舅舅走上车，它因为现在已经有三千一百七十六磅重，超过十七英尺身长。之后我们把车直接开到国家动物园去，大约只有两三英里的路程。我们先走上康涅狄格林荫道，又拐进石湾公园。然后卡车又吃力爬上坡，开往象宫，路过一个上面写着些字的牌子：

丢失的儿童和东西
均被带到狮宫。

我认为，这些对儿童可是相当粗暴的，因为在这么大的动物园里，小孩们在此很容易走失了。

我们把车开到了象宫的后院，霍姆奎斯特早就在那儿迎接我们。他们有一块跳板。他们把它挪到了卡车后面，我们一边哄着比兹利舅舅，一边向后倒出来。这可是一件耗工夫的耐心活儿，终于我们还是成功完成了。

然后我领它去里面的围栏，让它看看饲料架和水槽。我又带它去外面的围栏走了一大圈儿。从它的围栏里望出去，它还可以看到长脖鹿和河马，这样，它就不会感到太寂寞孤单了。管理员特地弄进来一大堆饲料和紫苜蓿，比兹利舅舅马上张大嘴巴大口大口地开始吃了起来。

"每天我们都要来测量体重身高，"齐默博士叮嘱说，之后我们便谢过霍姆奎斯特先生，就坐上卡车离开了。

"一切还算顺利，到目前为止，"博士说，"我们现在要走着瞧，看看国会听到这件事后会打算怎么处理。"

好像是三天以后，我记得霍姆奎斯特打电话到博物馆来，告诉我们说，有几个国会委员明天会到动物园来调查恐龙的相关问题。他建议道："你们明天最好来一趟，以便回答有关你们这只恐龙的一些问题。"

当我们又到那里时，比兹利舅舅看上去还挺不错。它像往常那样，只是又大了很多，重了许多。它的肩膀正紧贴着铁栏杆，正以很舒服痛快的方式，在那儿蹭痒痒呢。齐默博士轻轻地推了我一下，用手指着那刚刚踱进屋子来的四人小组让我看。他们先是快速地环视了一下房间，然后就径直走到恐龙的笼子跟前。

"肯定就是这个东西，在这儿呢，"其中的一位这样说道。他的头是光秃秃的，还正抽着雪茄烟。其余几位便围在四周，盯着比兹利舅舅。管理员走进来，把一大袋谷物和三大袋紫苜蓿倒进了饲料斗里。

"这么些饲料它能吃多长时间？"吸雪茄烟的那位随意地问道。

"就这些，半小时内全部吃光，"管理员轻轻地说，"它的胃口可真强，这家伙每天得吃二百磅谷物和八袋紫苜蓿。看着它吃，你会感到很愉快的。"

"艾德，你刚才听见了吗？"吸雪茄烟的那位有些生气地说，"钱，就是这样浪费掉了。"

"这种动物你们管他叫什么来着？"另一位又问道。

"这只是三角龙，先生们。"齐默博士走上前去。他礼貌地告诉他们。

"我无论在哪儿从来没见过像这个丑样子的东西，"另一位又问，"它是从哪儿带来的？"

齐默博士又告诉他："它从新罕布什州自由镇来的，这个小孩从它一孵出来就开始饲养它。"

"是吧，非常难看的畜牲？"这人说，"你们可以告诉我，你们有什么特别的理由花纳税人的那么多钱在这里养这么一个怪东西呢？"

"不，据我们所知，它是世界上唯一的这类动物，"齐默博士继续又说，"我们认为，科学家们要有机会去研究这么一个稀罕的动物活标本，是很重要的。而且美国人如果能在他们的国家动物园里，拥有一个世界上唯一的活的三角龙，那也是非常了不起的大事。"

"这我可就不清楚了，"吸雪茄烟的那位冷冷地说，"现在该让人们明确，美国政府不会为那些脑门儿一热就忽然想起来的一些愚蠢念头再乱花钱了。"他用雪茄烟指了指我和齐默博士，"好吧，我请你们两位，明天上午十一点到参议院办公大楼会议室来。我想要研究一下有关于你们的恐龙这件小事情。记住，在参议员格兰德森的会议室里。"他转身便走出象官，其余的几位也跟随在他后头。

第十五章

早晨，我和齐默博士就去参议院办公大楼。这座大厦紧挨着国会。所以每当参议员们不在参议院演讲、制定法律和做其他什么事情的时候，这座大厦就是他们办公的地方，去琢磨出各种各样的别的事儿来。在二楼我们就找到了格兰德森参议员的办公室，于是就走了进去。有一位秘书叫我们先进了里边的办公室，于是，我们等了一会儿。

当我们进去时，格兰德森参议员此时正坐在雪茄烟的乌烟瘴气中，他站起身来，礼貌地跟齐默博士握了手，之后跟我也象征性地握了握手。然后，他示意我们都坐在椅子上。他依旧坐在大书桌后面，桌面上还铺了一块很大的玻璃板。

格兰德森参议员故意清了清嗓子，再向后一倚。"先生们，现在，"他说，"希望你们明白，就我个人而言我并不反对这条恐龙在动物园生活。我也并不怀疑它的身份，就它本身而言——嗯，它是一只出色的动物。但是，我唯一关心的事情是，是怎么样为纳税人节约用钱。我的委员会一直正在想尽办法来削减政府的开支。任何东西凡是对美国人民的福利并非绝对必需的，我们都要取消它。可是，现在就发生在我们哥伦比亚特区，就发生在我们的国家动物园里面，我们竟然有一只浪费的巨兽，饲料要以吨计算，它太浪费了。我现在问你们，像这样一条暴龙，先生们，请告诉我对美国人民的福利，它会有什么帮助呢？"

齐默博士强调说："它是三角龙，"

"好吧，博士，"格兰德森参议员说，"想要怎么称呼，悉听尊便，关键的问题是，它对国家有什么好处？"

"参议员，可是，"齐默博士说，"如果照你这么说，我也可以问，大象它有什么好处？它也是非常费饲料的。"

参议员说："什么，大象完全是另外一回事儿，象是被大家熟悉的标准动物。在马戏团里见到过，在书里也读到过。它们是我们健全的美国传统的一直固有的一部分。大象已经成为我们的伟大政党标志之一。当然，话又说回来，你们的象也的确太多了。一个动物园有一头已经足够。养两头太浪费。"

"但是，会有不同种类的象，参议员，"齐默博士赶忙说，"比如说，有非洲象和印度象。你是否应该认为公众应该有机会见到其它种类的象呢？"

"博士，现在，"参议员一边说，一边不停地用他的大手轻轻地拍着桌子，"大象就是大象，一般老百姓所需要知道的也不过就是这些相联。如果是在美国的动物园，他又何苦还要去操心这个象是从哪儿来的呢？还是继续谈你们那条所谓的恐龙吧。你们是从哪儿弄来的呢？"

齐默博士冲我点了点头，所以我就来接着回答这个问题。我告诉他："它是从我们的鸭子院里来的。"

参议员想知道："你们的鸭子院又在哪里呢？"

"它在新罕布什州的自由镇。"

参议员说："我有点明白了，那么，请告诉我这条恐龙它在你们的鸭子院里干什么呢？"

"它是由我们家的一只母鸭子生出来的。这只母鸭子是'白洛克'和'洛岛红'的杂交种。"

参议员又扬起了他的眉毛。"你的意思是打算告诉我说，这条所谓的飞龙——不，不，这条恐龙竟是从一个鸭蛋里孵化出来的？对吗？这可使我对此非常怀疑。你能保证，就没有人正乘你不注意的时候，偷偷地把这个蛋暗中塞到你的鸭子屋里？在那时候，你能保证没看见什么行迹可疑的人在你们家附近一直转悠吗？"

我说："是的——我的意思是说，没有。"因为我实在是不太清楚我要去回答的是哪个问题。我说："但无论如何，它老老实实地足足孵了它六个星期。时间又长，而且又费劲儿，那只母鸭子才把它孵出来的。"

但格兰德森参议员对此听而不闻。他自顾自地坐在那儿，一直冲着桌面在皱眉头。过了好久，他才抬起头来，盯着齐默博士。

"博士，你以前见过恐龙蛋吗？"

齐默博士说："见过很多，我们有许多恐龙蛋。"

"它们都是从哪儿来的？"参议员问道。

"有的从外蒙古的戈壁沙漠来的，但那些是原始恐龙的蛋，安德鲁斯——"齐默博士说。

"先生们，"参议员又用拳头敲桌子了。"现在我知道我该做什么了。"他说："我的职责很清楚。这个动物它不属于我们国家动物园。它也不是美国的本土动物，我们国家动物园没有给它住的地方。我们绝不能乱花公众的钱来养活外国的怪物。老虎、狮子、长脖鹿——所有那些正当的动物，都是可以的。但是，那些从外国来的，非美国的，和那些过时的动物，坚决不行。恐龙早就已经绝种了，难道不是吗？难道你们想让人们获得这样一个错误的概念：这种灭绝的东西恰恰在我们美国这里还存在着？"

齐默博士忙说："但是参议员——"

格兰德森参议员摇摇他的大手。"博士，不用再说啦，"他说，"我一定要履行我的职责，你别想说服我。过一会儿，我将会在参议院提出法案，并且会明文规定：在国家公园，或国家动物园，或美国及其属地边界之内的其他任何地方，饲养任何稀奇古怪的、过时的，或不靠谱的动物，那样做都是非法的。"他从椅子上站了起来，径直走到门边，并把门打开，示意请我们走。"先生们，我现在很忙，所以不能奉陪啦。不好意思花费了你们不少时间。"

转眼间，我和齐默博士就到了走廊上。博士低下头，瞧着地板一直发呆，看来相当地泄气。"内特，这下子，"他说，"现在的情形，对比兹利舅舅可不有利。如果当初把它留在新罕布什州，也许会更好些。这都是我的过错，弄得它不上不下的。"

"齐默博士，不能这么说，"我说，"您已经尽了最大的努力，也一直在替它想各种办法。您也不想事情变成这样。"

我和齐默博士走回了博物馆。博士就坐在他的书桌的旁边，一直凝视着窗外。然后好一会儿，他站起来，手一直插在裤袋里，在地毯上来回地踱来踱去。

好一会儿，他停了下来，转身冲着我。"每当我跟国会的人打交道时，我总是会感到孤苦无援，"他说，"我真想不明白，他们的脑袋瓜儿究竟在想什么。当我一看见始祖鸟，第一眼就认得出来它，我分辨得出鱼龙和长颈龙，三叶虫和笔石。但是对参议员来讲，我可是显得一无所知。"

"您认为格兰德森参议员为什么不喜欢恐龙?"我问他，"他为什么要反对恐龙呢?"

齐默博士耸耸肩膀无奈地说："我可一点也想不懂。他一直都总是心血来潮，主意会一时一变的——这也往往是在大选以前——他们说是非得做点什么事情去救国不可的举动。去年，他曾经提出过反对'小人书'来救国。前年是反对鞭炮来救国，你也可能听说了吧。至于明年呢，说不定就是艇外推进机救国，或者篮球救国。很难预料的，下一回会是什么名堂。但是非常奇怪的是，他总是有办法使得人们亢奋得跟疯魔似的，认为他是对的。他能引人上火，让每一个人对于玩具手枪都是火冒三丈，怒气冲天，弄得这种手枪现在在每一个州里（内华达州和爱达荷州除外）都已经成为非法的，于是大家一定也只能用真枪。他又有一次，提出一条法律，打算除掉所有的野牛，在政府的西部牧场内，而且奇怪的是他几乎使这条法律在参议院获得通过。"

齐默博士在午饭以后，带我到参议院上面的楼座去休息。我们在前排随意找了个座位，从那里扶着栏杆向下看，那样下面的情况就可以看得非常清楚。此刻有一位参议员正在演讲，谈的是有关于美国的阔叶烟草。但我没怎么听进去，因为我更着急的是，比兹利舅舅将会被怎么处置。一会儿，齐默博士轻轻地捅了我一下，我定睛一看，看见格兰德森参议员走进来了。谈烟草的那位，也终于坐了下来。其他的参议员们应付地鼓了一阵掌，可是不怎么热烈。

我们明白下一个节目会是什么，因为格兰德森参议员正从他的桌边站起来。他打雷似的大声说，"主席先生，我今天想谈一个问题，这个问题会影响我们大家。诸位同仁都知道，我这个人，一向是不遗余力地把自己献身到美国人民的安全和幸福的。我也相信，诸位会认真地听我讲的。因为我所谈的，对美国纳税人来说是一项不必要的巨额开支，此外，它还对每一位在我们伟大国土上的男女老少的安全构成了严重危险。"他停顿了一下，向四周看了看，像是期待着大伙儿都来为此鼓掌。

"我认为用不着我提醒，你们也会了解，我们的政府正在想尽办法压缩它的那些头重脚轻的预算，减轻捐税负担，这种负担现在正压得几乎所有的美国公民都直不起腰来。我本人就已经不知道自己已经究竟花了多少时间，一次一次不厌其烦地来发现在联邦政府机构各部门中都存在哪些不必要和浪费的开支。你们都想象不到，当我发现，就在我们的首都这里，竟然存在着一个如此浪费的实例的时候，我是感到多么的吃惊。先生们，我非常痛心，就在我们的国家动物园里，有一只巨大的动物，它正在挥霍我们纳税人辛辛苦苦挣来的钱，简直是不要脸，每天花掉二十一块六大吃大喝。而且它还如此，甚至礼拜六和礼拜天也不例外。先生们，这还没结束，该动物对我们毫无价值可言。它首先不会老实干活儿，也不长羊毛鸭绒，也不会拉犁种地。还有就是，先生们，我所说的那个动物，它还不是个正常的动物，不像那些生长在我们美好国家的平原上和森林的老虎、狮子和象——"说到这里，有人故意用胳膊肘儿轻轻地捅了他一下，然后又凑到他耳朵跟前，和他叽咕了几句。"在我们美好国家的平原和森林，"格兰德森参议员继续说，"或者是在海外的姐妹国家的平原和森林。它都不是普通的、正派的、现代的动物，先生们，它就是一只畸形的、古怪的残存动物，在几百万年以前这种动物就已经绝种了，说不定在亿万年以前，早就已经绝种了。"

齐默博士低声对我说，"那可实在是扯得太远了，依我看来，三角龙至多生活在七千万年前左右。它们肯定不会早于中生代晚期。"

参议员又把手举过头，用手指对其余的参议员们不停挥动着，就像沃特金斯老师在课堂上训我们的样子一样。"先生们我说的那只动物就是一条恐龙，它属于残暴型——或者，更确切地说，应该属于三倍型——不，也不全是，这会儿我记不得它的学名了，但是先生们，它叫什么反正都一样，总而言之它是我所见过的样子最讨厌的，最丑的爬行动物，对于我们国家动物园以及其他主管部门，它都是不光彩的。怎么能让我们这么优秀的美国家庭的天真活泼、眼睛明亮的孩子们，花费时间去看那么一个无能的、老掉牙的、稀奇古怪的标本，那简直是不能想象！我们都想让我们的孩子们，将来成长为对我们这个有远见的国家的有远见的公民，难道不是吗？那么，我们就坚决不能他们去详细研究这种由于大自然的愚蠢错误所造成的过时的没用的动物，这种恐龙早在哥伦布，把美国国旗插在我们美丽的海岸很久很久以前，就已经灭绝了。先生们，我们绝对不能沉湎于过去，我们要勇敢地去面对未来。让我们一起手挽着手，肩并着肩，一起共同前进，我们向着前面的光荣使命大步前进！"

这时有几位参议员在底下劈里啪啦地在为他鼓掌，格兰德森参议员便拿起他桌上的那个大玻璃杯，咕嘟咕嘟地喝了好几大口。

格兰德森参议员继续说，"我建议，尽快把这个怪物除掉，我打算向参议院提出一项新法案，规定凡是所有拥有这样的反常的动物，就会被认定是一种触犯联邦法律之行为。这种动物必须消灭，而且时间越快越好。"

站在格兰德森参议员旁边的一个人突然站了起来说，"我同意尊敬的参议员的意见，我还想在他所提出的法案上，提出一项修正案。我建议，可以把那条恐龙的皮剥了，然后制成一个标本，送给我敬爱的格兰德森参议员，用来奖励他一直坚持不懈地为杜绝中央政府中存在的浪费和错误所作的不懈努力。"

当我听到这话时，我赶忙拉了拉齐默博士的袖子。"他们不会真的这样子干掉比兹利舅舅吧？"我低声询问他。

"内特，如果我们还能想点什么办法的话，那就还不至于这样。"齐默博士回答说。

之后，另一位参议员也站了起来。"请问，这条恐龙吃些什么？"他问道。

"它吃紫苜蓿和谷物，"格兰德森参议员回答他，"而且数量大得惊人。随着它越长越大，吃得也越来越多。为了满足这个贪吃的恐龙的胃口，我们不久就得去饿肚子。"他还拍了拍他的肚子，用来强调一下他所说的话。

那位参议员声音拖得挺长的说，"好，我的内布拉斯加州的选民们，将会乐意地让它吃紫苜蓿，而且它想吃多少都成，参议员。用政府库存的剩余紫苜蓿和粮食去喂它，也是一个好主意啊。这样，我们就可以好好地饲养这个动物很多年，而且不会花我们一分钱。我们不也一直在想办法解决怎样用掉这些剩余物资吗，您觉得怎么样？"

格兰德森参议员大声地吼了起来，"根本不行！那样的话勤勤恳恳的美国家庭主妇们就不得不用她们辛苦挣来的钱去买粮食，我就是死了，也决不允许你们用剩余粮食去喂这样一只大型丑八怪。"

"参议员，美国的家庭主妇并不会吃太多紫苜蓿，"有一位男人在后排座位上喊道。瞬间引起了哄堂大笑，副议长不得不频繁地敲他的桌子，以便让大伙儿快些安静下来。

他们就这样争来争去，谁也不能说服谁。齐默博士不停地摇头，看上去不怎么高兴。

他说，"内特，我猜不到这样下去会有什么样的结果，参议员们也许会继续争论到半夜，到时候如果想要表决的话，人数也已经不够数，所以就要延期到明天。我认为我们最好还是先回家去睡觉。"

我们站了起来，走回公寓去。齐默博士一路上什么都没说，只是走，瞧着人行道。我知道，他现在愁得很，同时这弄得我也非常愁。

我爬上床以后不久，博士便进来跟我说晚安。我熄了灯的时候，他还坐在我的床沿上，只是在那儿静静地坐着，什么也没说，他看来有点儿累了，而且显得有点泄气。

"我认为，比兹利舅舅恐怕没有多大希望了，"我尽量想说得平静些，可是声音虽然还算正确的，但是有点发抖。

他坚决地说，"嗯，不到万不得已，否则我决不罢休，看来，情况对我们不太妙，但是我们应该还可以想点办法。"

我突然从床上坐了起来。"我们可不可以乘卡车偷偷溜进动物园，然后悄悄装上比兹利舅舅，再偷偷地带着它溜走，把它藏在一个别人找不到的什么地方？如果他们找不到它，自然也就没办法杀掉它了，不是吗？"

"藏这么个大家伙，没那么容易，内特。"博士摇摇头，"一条三角龙生下来不是为了去东躲西藏的。如果有什么东西想攻击它，它就会用头去攻击它们。三角龙的犄角，和那盔甲般坚硬的骨头，都生长在头颈部，所以这个家伙也不是个好对付的，原因就在这里。或者说如果暴龙想跟三角龙较量较量，也要仔细考虑一下呢。我们最好还是去跟比兹利舅舅学习一下。我并不认为，躲，就能把麻烦躲过去，它迟早还再会找上门来的。我们必须还得接着想办法。你睡吧，现在已经太晚了。要不明天午饭前你就睡不醒了啦。"

他顺手轻轻地把门带上。我苦思冥想，很久都睡不着，想看看有什么办法可以去救比兹利舅舅。我听得见齐默博士在隔壁房间里一直踱来踱去。而且当我睡着的时候，他还在那里不停地走呀走的。

第十六章

当我第二天早上醒来的时候，我有一种灰溜溜的感觉，好像是我今天要赶上什么倒霉事儿一样。我想接着再睡，可是睡不着了。我抬头看了眼墙上的日历（每过一天，我就在上面画一个叉）。显示今天是星期三，10月2号。也就是说，还有五天的时间我就得回学校去了。转念我又想，他们如果杀掉比兹利舅舅，还不如，在他们动手以前，我实在不想再呆在这儿了。如果那样的话，我最好是回到自由镇，回到家里去，回到学校去，回去把这一切统统忘掉。但是，如果我提前回去，也真是够窝囊的，大伙儿准得问我，这一切到底是怎么啦，我就肯定得解释个没完，那样一来，可也真够我受的。本来就处处不顺心，要是又赶上倒霉事儿，哪里还会有心思到处去谈它呢。

我立刻起来，走到隔壁房间去，打算看看齐默博士醒了没有，我走进房间，看见他正在刮脸。

"内特，早上好，"他笑着说，"到铺子里去买一个面包和一升牛奶，可以吗？顺便帮我带一张报纸回来，行吗？我打算看看格兰德森参议员他们的争论进行得怎么样了。"

我没几分钟就回来了。博士此时正在桌上摆餐具。

他说："我烤面包，你念念新闻。"他便用叉子叉了一片面包，在炉火上慢慢烘烤。我则翻到国会新闻版。

参议院辩论恐龙法案
华盛顿，哥伦比亚特区
十月四日

参议院对参议员格兰德森提出的法案，一直辩论到深夜。该法案如果通过，成为法律，则美国所有的恐龙将被取缔。塔波伊参议员表示赞成该法案，并提出了一项修正案，大意是由政府出资，将目前这条恐龙剥制成标本，赠与格兰德森参议员。塔波伊参议员是政府经济委员会委员。格兰德森说，他反对恐龙，是因为它浪费纳税人的钱。还因为它是无能的、过时的。格兰德森参议员声称，"我们的国家用不着这些已经绝种的东西。"

有一个人数不多的参议员小集团反对这项"恐龙法案"，但未取得多大进展。除非两三天之内有什么意外的事情发生，否则，该恐龙法案很可能在参众两院通过，世界上惟一的活恐龙到时候也将去会见它们的早已灭绝了的祖宗去了。

博士好一会儿什么也没说。他先在烤好的面包片上抹了一些黄油，又斟上一杯咖啡，再用抹黄油的刀子去搅拌。我用的是这里惟一的一把汤勺儿，用它来吃鸭蛋。我们一直想再去买一把叉子和汤勺儿，可是我们每次都只是在吃早点的时候才想得起来。齐默博士说，"不用为我担心，当初我在野外作业的时候，那时候在采集化石的考察队里，好多东西都用来搅咖啡，从牙刷改进到改锥，呵呵，而且那样咖啡喝起来还是另一个味道。"

他一边喝了一口咖啡，一边指着报纸。"看来情况有些不太妙呢，对吧？好啦，现在说什么我也不会相信国会对我们会有什么帮助。"

"在我看来，事情应该快要完了。"我说。我停了一阵儿，然后继续说，"最好我还是收拾铺盖卷儿，时刻准备走吧。我真的不想看见他们把比兹利舅舅拖出去处死了。"

"内特，坚持下去，"博士安慰我说，"我们不能这么轻易就撒手。我们手里还有牌可打呢。"

"什么牌？"我问，"难道是我昨天晚上说的。偷偷把它从动物园弄走吗？"

"不，内特，不。我们得按法律办事的。我认为，我们会有比那更好的办法的。你有没有想过，参议员靠什么来维持他的生命，他的生活的？"

"是靠他的肺吧，"我说。

"哦，当然得靠他的肺啦——或者这么问吧，他一定要掌握住什么东西才可以进参议院里来工作吧？"

我不太明白他这话是什么意思。"我不清楚。他一定得掌握什么呢？"

博士说，"唉，选票！除非人民投票给他，要不然，他什么也不是。"

"那很好呀，我当初就没有投票去选过格兰德森参议员，"我说，"可他不是照样能在那儿工作吗？我又不能去告诉广大人民，应该去投票选谁。我可以吗？"

齐默博士说，"问题就在这里，我认为，你能告诉他们应该把投票给谁。"

"谁？是我吗？我现在还不到选举年龄呢。"

"可是，以你现在的年龄，已经有足够的能力去要求人民给他们的参议员写信。"齐默博士一边瞧着我，一边又给自己倒了一杯咖啡。

我还是不太明白他的那个主意到底是什么。我怎么去告诉所有的人，说没他们去给他们的议员写信呢？我该怎么做呢？——是站在马路口，冲着大伙喊吗？我看不出这会有什么作用，所以就把我的想法如实告诉了齐默博士。

"不，不，你不用站在马路口，"他说，"你可以通过电视告诉他们。我认识一个主持人，名叫波内利，他每星期会主持一档小小的电视台节目，叫作'首都侧写'。他一直想让全国各地的人们都知道，在华盛顿这儿到底都发生了一些什么大小事情。他会让新闻人物在他的节目里讲话。而且收视率什么的搞得还挺不错呢。"

我说："那他又和我们有什么关系？"

"跟我们都有关系，从各方面说。今天早上，我接到波内利先生打来的电话，你那时刚好没在，他问你能否在他的节目里说几句话。他想在这个礼拜播一点跟恐龙法案有关的事儿。既然没人比你更加了解这条恐龙，所以，要去谈这方面的情况，你当然是最合适不过的人选啦。"

我噎住了。"可是我从来没上过电视，我到时候非傻眼不可。"

"呵呵，那好办，"齐默博士说，"那个挺简单的。而且你还要记住，这可是咱们能把比兹利舅舅救出来的惟一机会。"

"难道您不能去讲吗？"我问他，"您知道该讲些什么。您还能很明确地告诉大伙儿，比兹利舅舅对于科学是有多么的重要。"

"内特，就怕没有用。人们普遍真正关心的，并不是它对科学会有多大贡献。他们也不会打算费那么大的劲儿，因此去救一条恐龙，然后让那些傻头傻脑的科学家们有能力去研究它，但是，如果事情是一个孩子所疼爱的动物被强行夺走——那么，那么他们就会群情激愤起来。依我看，你才是比兹利舅舅最后的惟一的希望呢。"

我想了一会儿。我真的想象不出，在电视上讲话具体是怎么回事，但是我如果必须这样做，才能去拯救我的恐龙的话——那么，我一定会这么做。

"行，"我说，"我——我认为，无论结果如何，我得去试一试。"

博士说，"那太好啦，好的，波内利先生要我们今天早上就到他的演播室去看一下，以便我们可以跟他好好谈一谈，了解下你准备在节目里讲些什么。你认为好不好？"

"好——好的。"我嘴上虽然答应，其实我心里还是不太踏实。

之后我们就到电视演播室去，秘书领我们进到波内利先生的办公室。他看上去是一个矮小机灵的人，一直在房间里走来走去。他先跟我握了握手，然后让我坐在一张大皮椅上。

"嗯，"他一边不停地来回走动，一边说，"据我听说，你一直在你们家的后院饲养着这条恐龙。"

我点点头。

"它很凶吗？有没有过要咬你的样子？"

"啊，没有，"我说，"它和家里养的别的动物一样，挺和气的，很听话。只会吃了睡，睡醒了起来溜达，溜达完了又去吃。而且见了生人，甚至还有点儿害臊呢。"

"可是我听说在华盛顿这儿你们跟一辆卡车发生了一些事故，对吗？"

"那件事是因为那位卡车司机太过于着急了，他在恐龙的耳朵边上一直不停地按喇叭。它非常不喜欢人家按——"

波内利先生说，"我明白了，饲养它是不是很费钱呢？"

"在自由镇的时候，我们用青草喂它，倒不费钱。我们一点钱也没花，那里到处长满青草。"

"是位于新罕布什州的那个自由镇，对吗？谈谈你家里的情况吧，你有兄弟姐妹吗？你爸爸是做什么工作的？你喜欢华盛顿吗？"

他就这样不停地问了我许多杂七杂八的问题，我尽量都好好地回答。末了，举了举手，他不问了。

他说，"行啦，我认为这些应该已经够用。现在我去替你把这些整理成一小段好的发言稿，然后让秘书用打字机打好，轮到你的节目的时候，你就念。你今天晚上七点左右再来，这样你可以有一点时间练习练习，做好上节目的一切准备。"

"是今天晚上的节目？"我急得直哼哼，"那怎么行，老天爷，连点喘气儿的工夫都没有给我。"

波内利先生笑了，然后把我们送出他的办公室。

天呐，这一天我要怎么过。只要一想到晚上要在电视上去讲语，我的后背就一直发凉，肚子也不太得劲儿。只要一想到我的这个节目，甚至我连中午饭都吃不下去了。我如果把事情弄得乱七八糟，颠三倒四，说不清，道不白，那可怎么办了。我一直就不会在好多人面前讲话。晚饭，我就吃了几块饼干，而且咽下去也没那么太容易。

"每个人第一次讲话都是这样，"齐默博士安抚我说，"记住，只要你一开讲，一切就都变好了。"

我们来到演播室的时候。波内利先生还给了一张打字稿，然后我们一块儿读了一遍。我认为那是一篇很好的讲稿，我认为——最起码比我写得好很多——但总觉得那不是我的讲稿。不管怎么说，照着别人的稿子去念，总觉得不太对劲。而且，它里面一点也没有提到我是有多么的想救比兹利舅舅。波内利先生让我念了几次，他告诉我说，一定要把它念得慢，而且吐字要清楚。然后，他看了看表，对我们说得在八点差五分回到演播室来。我听他这么一说，肚子就有点儿瘪下去了，所以我使劲咽唾沫，并且冲他点点头，他就离开了。

齐默博士微笑着，瞧着我。"那个讲稿不全都是你想说的，对吗？"

"是呀，"我点头说，"而且我想说的讲稿也没怎么说。"

"你自己知道你真正打算要告诉大伙儿的是什么？"

我说，"我当然知道啦，我想要去告诉他们，我很喜欢我的恐龙，我很想救它，大伙儿如果都去告诉他们的议员说，他们不需要那个恐龙法案，那么，他们就可以够帮我的忙。"

"你说得非常好嘛，"齐默博士笑着说，"你只要知道，你真正想要去说些什么，事情就很好办了。"

他这么说我不明白是什么意思——当时至少还不太明白。博士朝我走来，拿起那张纸。他先是看了一会儿，然后便拿着它走到隔壁房间去。但是他马上又回来，把那张纸叠好了，又递给了我。

他说："节目开始以前，先把它放在口袋里。"我便听话地把它装进了口袋。几分钟过后，波内利先生又把头伸进门来。

"走吧。"他说。于是我跟着他，进了演播室，然后在桌子旁边坐下。屋里有几盏非常亮的灯，还有一架装了轮子的大摄像机，照得我都睁不开眼。波内利先生用手指着墙上的电钟。差两分钟八点。

他说，"我们八点钟准时开始，应该在十分钟以后你开始讲话。你都准备好了吗？给你的讲稿带来了吗？"

我便把手伸进口袋里，摸到了那张纸，然后向他点点头。

波内利先生微笑着，把头转向摄像机。当红色的秒针刚刚走到"12"

那里时，他就开始对着摄像头说话了。

"朋友们，晚上好"他说，我觉得他声音挺柔和的，"我是你们的好朋友本·波内利，向诸位观众播送本周的首都侧写节目，就是十五分钟的首都新闻和政界综合报道。首先，我要报告诸位，秘鲁贵宾加斯帕里洛·门多萨先生，于昨天下午乘飞机到达首都，在首都机场受到热烈欢迎——"

我就已经够操心自己的事的啦，哪有闲心思去听波内利先生接下去都在说些什么。我便从口袋里拿出那张纸，打开之后，我盯着它足足有一分钟直发呆。它上面什么演说词都已经没有了！只是一张白纸，上面写着几个铅笔字："内特，你知道该去说些什么。说吧，说出你自己想说的话。"

那时我真想马上躲到地板底下去。因为马上就要轮到我讲话了，可是我手里面什么讲稿都没有。开始，我想最好还是赶紧钻到地毯底下藏起来，要么就冲出门去。我的手非常冰凉，一个劲儿地在那发抖，甚至连那张纸都拿不住了。

我听见波内利先生接着说，"——而且他此刻正在演播室，就在我们身边。他叫内特·特威切尔，来自新罕布什州自由镇的小伙子。那条恐龙自从一孵出来，就由他一直养着它。好啦，内特，你能给我们的电视前的观众讲几句话吗？"然后他转过身来，眼睛直盯着我。

我的胃几乎翻了个底儿朝天，几乎快要从嗓子眼儿跑出来了。我张开嘴，就是说不出话来。当时我就想，我如果不赶快说些什么，比兹利舅舅就会很快完蛋了。这条恐龙还指望着我呢，所以我必须现在马上开始说话。

我深深地吸了一口气，直直地望着摄像机，打算想起什么就说什么。

"嗨，"我对着镜头说。从眼角瞥过去，可以看到波内利先生在给我打招呼，他示意我继续说下去。当然啰，他现在还并不知道发生了什么事，而我自己呢，在节目进行中也没法详细告诉他。

我说，"嗯，朋友们，我的名字叫内特·特威切尔，从小就住在新罕布什州。今年夏天的一天早晨，我在鸭子屋里发现了一个特别大的鸭蛋，它后来孵出来了，我经博士告诉才知道原来是一条恐龙。我一直细心地照顾它，整个夏天一直喂它吃青草，它跟我非常要好，变得非常乖。但是我们那里没法让它在那过冬，因为它只能呆在温暖的地方。而且，它长得越来越大，我们那么一个普通小镇，有点搁不下它了。所以我们只能把它带到华盛顿去。后来我们把它交托给了动物园，因为那里正好有它可以住的地方。人们也可以时常来看它。我以为这样事情都安排好了，没想到国会里有些人竟然认为，为了去节约钱，就得把恐龙杀了。他们还说，它什么好处也没有，不是美国的。这种说法是不对的。因为我在博物馆里曾经发现，美国是世界上惟一的有过有角恐龙的国家。它们生活在六千万年以前，生活在怀俄明州。我认为，那甚至是在最初的移民到达的很久以前呢。"

我可以看得见波内利先生冲我一直摆手，他想让我念他为我写的讲稿。我一心认为，最好我在他拦住我以前，抓紧时间赶快把话讲完。

"此外，我照顾这条恐龙，一直喂它吃草，看着它长得又结实又大，我当然不愿意别人来杀它啦。我知道它的确吃得很多，不过它也值得吃这么多的，因为它是我们至今所得到的世界上惟一的活着的恐龙。它一点也不漂亮，但我还是很喜欢它。而且，我——我恳请听到我讲话的人们，希望您们愿意来救救我的恐龙，说实话，它现在也是你们的恐龙。你们如果真的想去救它，那么就烦请您告诉你们的参议员和众议员们，去投票反对恐龙法案。希望你们最好动作快着点，要不然的话，恐龙它或许连它的骨头架子也救不着了。"

我还想去讲点什么，可是波内利先生却打断了我的谈话。他俯身对着话筒说，"内特，好啦，你讲得很有意思的。我们祝福你在华盛顿过得愉快。电视机前的诸位观众，今晚的节目到此播送完了。请诸位务必在下星期四晚上再锁定我们首都侧写节目，它会使大家能及时看到首都的新闻人物。"

电钟正好指着八点十五分的时候，他刚讲完。波内利先生转过身来对我说："我的小祖宗，你刚才这是怎么啦，你为什么不念我给你的讲稿呢？"

"我找不着啦，"我如实说，"我刚才打开这张纸一看，竟然是张白纸。"

"咳，去看看别的口袋里吧，讲稿没准在那儿。"

我翻遍了所有的口袋，结果就是没有那张讲稿。

"你们这些毛躁的孩子，就是爱丢三落四的，"波内利先生有些生气地说，"以后只要是小家伙想上我的节目，我发誓，以后再不干这种事了。你刚刚才给他一份讲稿，不到三十秒钟，他就给你弄丢了，而奇怪的是，你再怎么找也找不到它。他们究竟拿这张纸干什么去了，天呐，我简直是猜不透他们。"

齐默博士过来，高兴地挽着我的胳膊。"我认为，内特说得非常不错呢，"他说，"居然他还能够一边讲，一边想这么好的词儿。"

"啊，挺不错的，可不是，"波内利先生说，"是一篇非常出色的讲话，可惜不是那篇我之前替他写好的讲稿。我一开始只打算让他谈谈他的小镇啦，他的家庭啦，以及他的恐龙喜欢吃什么啦，等等。我可不想把我这个节目无故缠进那些争论不休的问题里面去。"

齐默博士说："是呀，我知道，"。我们和他道了声再见，就回到公寓去了。到家之后，齐默博士便从口袋里拿出一张纸塞给我。我打开一看，天呐，正是波内利先生替我写的那篇讲稿！

我问他："您在哪儿找到的？"

"呵呵，我故意把它留下了，特地换了一张白纸给你。因为波内利先生的讲稿根本救不了比兹利舅舅，只有你的讲话能行。我一旦留下这张纸，你就不得不自己去讲你所要讲的话，你果然做到了。那真的是一篇很好的电视讲话。"

"嘿，你刚才可叫我受了好久的罪！我一看那竟然是张白纸，差点儿没晕过去了。"

他微笑着，轻轻拍拍我的后背。"内特，我知道。刚才的确是挺难为你的，可我实在想不出更好的办法。现在，就让我们等着听好消息吧。"

第二天上午，一丁点消息也没有。到了中午，肯尼迪博士突然打电话来。

他说，"喂，你在电视上的那个讲话，说得真好，而且正在点子上！而且我听说，整个上午一直不断有电报打来，夸张到一篮子一篮子的。整个参议院都快被电报淹没了，甚至还有从得克萨斯州和犹他州远道打来的哩。大伙儿都提议说'救救恐龙'。如果事情照这个样子这么发展下去，恐龙法案很快就要垮台了。"

齐默博士还没放下电话，就咧着嘴大笑起来，嘴咧得那叫一个大呀，是我从来也没见过的。然后他竟然又蹦了起来，又抓住我的胳膊，我们绕着书桌，高兴得跳起快步舞来了。这时书桌当中的电话又响起来。

博士说："喂。"

"齐默，喂，"电话里的声音说，"我是霍姆奎斯特，我现在在动物园。这到底是怎么回事？哎，忽然有很多人，从巴尔的摩一路跑到我们这儿来，举着标语和旗子，上面还写着'救救恐龙'。他们全都直奔象宫，并且在象宫周围举行游行示威，说是要准备二十四小时轮流值班站岗，要保护恐龙。而且忽然又从里奇蒙来了很多人，乘着六部公共汽车，也都举着旗子，蜂拥进了象官。现在，又有一大群从夏洛兹维尔赶来的人。要是等到费尔法克斯县教师家长联合会的一大帮人来了以后，动物园就更热闹了，他们全都举着旗子，大伙儿全都乱成一团，动物园快成了疯人院。长颈鹿们好像都傻了眼了，真不知道这到底是怎么回事。"

"霍姆奎斯特，不用着急，"博士说，"麻烦你告诉那些长颈鹿们，这只是美国健全的原则的一次示威，一切都是正常的。"然后他挂上电话，我们又围着书桌，开始跳起舞来。

电话铃几分钟之后又响了。还是霍姆奎斯特先生打来的。"齐默，你说我该怎么办，"他说，"这里又来了一个代表团，说是代表阿灵顿县全体小学生，还送来二百十七块钱，而且全是硬币，说是捐给动物园，买恐龙饲料。收不收，怎么办？"

齐默博士说，"收呀，我建议你赶紧弄一个桶，竖在那儿，在上面写着'恐龙饲料基金捐款'，最好是弄一个比较大点的桶。"

好啦，到了第二天早上，事情可真是彻底热闹起来。那些从参议院办公大楼打出来的电话告诉我们，信件来得这么多，现在只好用铁锨来铲，参议员们都快速纷纷地赶紧从原先的立场上倒退回去，说他们其实压根儿从没真正赞成恐龙法案。而在动物园那边呢，霍姆奎斯特先生此刻正在大伤脑筋。他从来也没见过动物园里一下子来这么多的人，象宫从开放以来，也未曾挤过这么多的人。到午饭前为止，他们数了数，丢了十三个小孩。大桶里先后放进了一千八百元零四角三分。据不完全统计派代表团来的有：瓦连顿女童子军，哈格斯通、卡山诺瓦和钱伯斯堡的妇女选民联合会，比维顿男童联合俱乐部和弗吉尼亚的彭帕斯。而且伯兰地万鸟类观察者协会更是全体都来了，此外还有麦肯尼斯维尔的横笛鼓乐团，筹建岩石点中学公民委员会等等。

动物园里整天都这么热闹。齐默博士真是高兴得了不得，自个儿咯咯个不停。

"内特，你要知道，"他说，"美国人民是挺有意思的。仔细去想一想吧，千千万万的人群拥到华盛顿来，纷纷掏出钱来救我们的恐龙。你会以为，美国人民想要一条活恐龙的意念，是远远超出于其他一切东西之上的。而且，格兰德森参议员如果不想杀掉恐龙的话，人民就根本一点儿也不知道这件事。我认为，他们对一件东西本来并不怎么注意。可是一旦有人想把它弄走，大伙儿可就立刻醒悟过来，而且要为它奋斗。这就好像钓鱼，对不？有时鱼就是不上钩，正当你把线往回收走的时候，它反却上钩了。"

第十七章

好啦，我终于可以回家啦。但此时我在华盛顿住得正高兴呢，但詹金斯校长曾说，我至多只能离校四个星期，所以，返校的时间到了。我就必须回去，临行前，我最后一次去动物园看望比兹利舅舅，还用钉齿耙在它脖子上按照它喜欢的方式给它挠痒痒，还特意和它说再见，但它一点也不明白我的意思。它现在已经长得老大的了，但是对我还是十分要好，十分听话。霍姆奎斯特先生说，他们会特别好好照顾它的，齐默博士对我说，他每星期都会给我寄一份比兹利舅舅的情况简报。我真是高兴能把它交给这么好的行家来管。

走的那天，齐默博士到车站去送我。在火车开动之前，他送给我一个用一个特制的木盒装着的恐龙蛋的化石。

"我们博物馆所里的人都一致认为，内特你应当得到这个恐龙蛋，"他说，"因为你对我们、乃至对全世界所有的科学家们全都作出了很大的贡献。内特，再见啦，有机会一定再来看看我们，好吗？"

"当然啰，"我说，"齐默博士，非常——非常谢谢您……"话音还没落，火车就开动了，我只能一直向他挥手告别，直到看不见他时为止，我才放下手。

当火车到达新罕布什州阿斯兰站的时候，我看到爸爸、妈妈、辛西娅都在那里等着接我。我刚一下火车，他们就跑过来紧紧地抱着我，甚至连辛西娅都这样亲热。因为周围没有什么人，所以我并不介意，只有一位车站管理员此时正在吃他的午饭，也根本没有注意我们。

当我重新回到自由镇时，看到那里有一支欢迎队伍正在等着我。他们先让我坐到钱皮尼家的卡车穿过马路，路过杂货铺门口我竟然还发现挂着一幅老大的横幅，上面还写着"欢迎内特·特威切尔归来!"学校的乐队跟着卡车奏着音乐，五位队员全部走在卡车的附近。队伍一直伴奏走进学校，詹金斯先生迎了出来，而且非常亲热地把课本递给了我，我虽然一点也不着急念这些书，其实等到明天给我也不迟。之后，队伍就掉转头，开车到我家来。卡车一停下，我就赶快走了下来，因为大伙儿一旦都瞧着我，实在怪不好意思的，我虽然也有点儿喜欢在众人面前露露脸儿。妈妈和辛西娅在门口摆了一张大桌子，热情地请大伙儿喝酒、吃苹果和炸面包圈儿。

那天的天气真的是太好了。在十月份，在我们这里，有时运气好的话，你会赶上这么好的天气。天空非常碧蓝，蓝得你几乎都难以相信，放眼望去，到处都能看到金黄的和鲜红的树叶镶在天边。总觉得，大自然好像是在慷慨解囊，她把所有的好东西都贡献出来，凑成了这样完美的一天。此刻甚至连空气都是那么的完美——地上的枯叶味儿，混合着马路对过的炊烟味儿，阳光下晒热的泥土和草味儿，在这些味儿的上面，隐隐约约还有一阵阵轻轻的甜苹果酒味儿。

兴奋和激动很快就过去了。我第二天上学校去，又得学习主语谓语，还有分数，就好像我一直没有离开过这里一样。现在，每天的日子过得都差不多，今天跟昨天没有什么区别，没有什么事情可以激动人心。可是，要做的事情的确还挺多，除了要储存冬天用的劈柴之外，还得照管小鸭子和山羊。现在晚饭前天就黑了。傍晚我们围着炉子坐着，挺舒服，暖暖和和。

齐默博士每星期从华盛顿会寄一封信来给我。他一直让我连续了解比兹利舅舅最近会有什么进展。最近收到的那封信上说，它已经有重一万三千九百磅，二十英尺长。博士还说，比兹利舅舅现在长得没有以前快了。这多半意味着它现在已经不是以前那个小娃娃了，不过它还有很多的时间慢慢长，一直到个儿长足为止。"它还可以再长几英尺身长，"齐默博士写道，"还可以再增加三吨体重。在五十年内，它还不算是一个成年，而且它成年以后应该还可以再活一百年。一切如果都好，你的这个小宝贝儿，将会给国家动物园带来很长很长的时间的光彩。它吃得挺好———一天大约有四百磅饲料左右——但我们不用为它的开销担心，截止到今天（一月二十八日）为止，动物园观众已经捐赠了二十四万零二百七十一块三角零一分给它。钱还在不断地迅速地从各地送来。即使从现在起恐龙没有捐款，恐龙的食物账单至少也可以支付到1996年。国会如果又威胁说要杀掉它的话，你可以再回来，再为我们作一次电视演说。所以依我看，这条罕见的美国恐龙，现在无论如何都是安全的。"

好啦，我认为故事该结束啦。天冷起来之后，爸爸建议我空闲时把这些经过写成一本书，所以我就照办了。在每天傍晚，晚饭以后，我就趴在厨房的桌子上写，用了很大很大一沓纸。这的确是一件很费劲儿的活儿，我很高兴终于已经把它写完了。爸爸还说，我最好不要拿给沃特金斯老师去看，不然的话我就会重写那些拼错的字，搞不好要一直写到我够了投票的年龄才能停止。沃特金斯老师对于拼写和标点等等实在太认真了，一提就情绪异常激动。

后来，我们一直没有机会到佛朗科尼亚·诺赤去野营。妈妈一直说，明年春假时也许可以到华盛顿去旅行。到时我可以领他们去那观光，不过，我想大部分时间我得去动物园，以便同我的比兹利舅舅继续保持友谊。春天如果你在华盛顿，你如果赶巧也到象宫去，当你站在恐龙栅栏跟前时请往里看，没准你能看见那里有一个孩子，而且正和三角龙在一起，也许还跟它说话，也许还正骑在它的背上．那么，你就可以完全肯定，我就是那个孩子。

小红马

第一篇　礼物

　　天刚破晓，比利·巴克就从棚屋走了出来，在门廊上稍稍站了一会，抬头看了看天色。他身材高大，矮个子，两条罗圈腿，脸上一撮海象胡子，还有一双手四四方方，肌肉发达，厚厚实实。他有一双浅灰色的眼睛，总是带着些许沉思的目光。还有一头饱经风霜的头发，像钉子一样从他的斯特森牌高顶宽边帽底下戳出来。虽然比利人已经站到门廊上了，可他却还在那里将他的衬衫往蓝色工装裤里塞。他先是松了松皮带，随后又把它使劲勒勒紧。从扣皮带洞眼后边磨得发亮的那些地方看，近年来比利的腰围是日见粗大。他看过天色之后，便用食指轮流紧按鼻子的每一侧，使劲地去擤，把两个鼻孔擤得干干净净，之后他边搓搓双手，边向马厩走去。到那这后，他一边给马厩里的两匹驯马刷刷梳梳，一边还不停地轻轻和它们说话。他刚刚给驯马梳刷完毕，牧场主住宅里的那个铁三角就响了起来，比利把刷子和梳子插在一起，顺手放在栏杆上，就去吃早饭。虽然他的动作不慌不忙，但他却并没有浪费一点时间。因此在他来到牧场主住宅时，蒂弗林太太还正在敲打铁三角呢！她朝他点了点灰白的头，就退回厨房里去。比利·巴克是个牧工，是第一个走进吃饭间，显然与他的身份不那么相称，所以他便在台阶上坐下。他听得到蒂弗林先生在屋子里正在穿靴子跺脚的声音。

　　男孩乔弟也被铁三角的刺耳声音吵得也开始动弹起来了。他不过是一个十岁的小男孩，一头像是灰蒙蒙的枯草的头发，一双灰色的眼睛文静而又羞怯，而且他的嘴巴在想心思的时候总是会一动一动的。因为铁三角的敲打声很大，以至于把他从睡梦中吵醒了，对这一种严厉的声音，不知他可曾有过不服从的念头，但他从来没有不去服从过，而且他所认识的人当中也没有一个敢去不服从的。他先掠开遮住眼睛的乱发，然后脱掉睡衣，不一会儿，他已把衣服——工装裤和蓝条衬衫穿好。因为眼下已经是盛夏季节，所以当然就没有必要去穿鞋子。他在厨房里一直等到他母亲离开水槽，走回炉旁时，才去开始洗脸。他还用手指头把湿头发往后慢慢梳去。他刚要离开水槽时，他母亲突然向他转过身来，乔弟羞怯地把目光向一旁快速移去。

他的母亲说，"我得马上给你理理发。进去吧，早饭已经摆在桌子上了，好让比利也可以进去。"

乔弟坐在一张铺着一块白色的油布的长桌旁，好几处洗得已经连织物衬底都显露了出来。一只只煎鸭蛋排好放在大盘子里。乔弟先取了三只煎鸭蛋堆放在他的碟子上，随后又夹取了三片爽口的咸肉。他还小心翼翼地剔除一只蛋黄中的一点点血丝。

这时比利拖着沉重的步子走了进来。"它对你不会有害处的，"比利解释说，"这只不过是公鸭子留下的一点血迹而已。"

接着，乔弟那位严肃、高大的父亲也走了进来。乔弟一听到地板发出的那种嘎吱声，就猜道父亲今天穿的是靴子。但为了证实自己所猜的这一点，他说什么都要朝桌子底下看一下。此时父亲已经熄掉挂在桌子上面的那盏煤油灯。因为那时候射进窗子的晨曦已经很明亮。

乔弟没有去问他的父亲和比利·巴克今天打算骑马去什么地方，可是心里却盼望他能一起去。父亲一向是个讲究规矩的人，毫无疑问乔弟事事处处都得听他的。这时卡尔·蒂弗林坐了下来，伸手向朝盛鸭蛋的大盘子探去。

"比利，上路的牛都备好了吗？"他一边吃一边问道。

比利说道，"都在下边围栏里，我单人匹马把它们赶到那里去不就可以啦。"

"我相信你当然行，但是一个人……还是总得有个帮手的，再说你的喉咙干哑得那么厉害。"今儿早上卡尔·蒂弗林显得非常高兴。

乔弟的母亲把头探入门内说道："卡尔你估计什么时候才能完事回家？"

"那我可说不太好，我还打算去看看萨利纳西的那几个人，估计要到大黑还行吧！"

桌子上的煎鸭蛋、大块的薄饼和咖啡，很快就吃光了。之后乔弟跟随着两个大人走出屋子去，看着他们先后跨上马，又把六头老奶牛赶出围栏，慢慢地朝萨利纳西方向上山而去。因为他们要把那几头老奶牛去卖给一个屠户。

当他们的身影消失在山岭顶端之后，乔弟就走到住宅后边的小山去。之后屋角转出两条狗，快活得咧嘴露牙，弓腰曲背，一溜小跑追了过来。乔弟拍拍它们的头——横木穆特有一双黄眼睛和一条粗大的尾巴，司墨雪是一条牛气的牧羊犬，它曾经咬死过一条郊狼，不幸丢掉了一只耳朵。可是司墨雪那只好耳朵，却一直竖得比那条苏格兰长毛牧羊犬的耳朵还要高。据比利·巴克所说，这种事一点也不稀奇。在经过一番狂热的欢迎之后，两条狗就仿佛例行公事那样把鼻子凑近地面向前走去，还不时向后瞧瞧，看那孩子是否能跟上来。穿过养鸭场时，它们看见鸭群正在不停地转来转去。司墨雪先是追了一阵子鸭子，把它的看家本领好好又练习了几次，免得追牛羊时感到生疏。乔弟接着又穿过一大片菜地。菜地里那些翠绿的玉米，现在已经高过他的头了，而南瓜此时则还又青又小。他走到艾丛去，因为那有一股冷泉从管子里缓缓流出来，会流到一只圆木桶里。那里的水味道特别好，他俯下身子挨近长着青苔的木头好去喝水。他喝完水之后就转过身去，看看那被刷上石灰、被一簇簇红色天竺葵团团围住的矮房子看看牧场。再看看柏树附近那些长长的棚屋，那地方是比利·巴克独自居住的小屋。乔弟还看得见柏树下边那口黑沉沉的大铁锅，那个是用来煺猪毛的地方。这时太阳刚刚才爬过山岭，把马厩上和房子的白粉，照得十分刺眼，连那湿漉漉的青草也被照得发出一片柔和的光。他身后那些高高的艾丛之中，有些在地上蹦蹦跳跳的鸟儿，会把一堆枯叶弄得沙沙一直作响，同时山坡上还有一群在尖声乱叫的松鼠。乔弟把这些牧场的建筑物都一一看了一遍。他感觉得到空气中有一种非常飘忽不定的东西，那是一种失落和变化的感觉，他预感到他将要获得一种未知的和陌生的东西。在山坡的上空，有两只黑羽毛的大秃鹰正低低地向地面滑翔下来，它们的影子平稳、迅速地在他前面掠过。乔弟知道附近肯定会有死的动物，可能是只兔子，也可能是头牛。那些大秃鹰向来不肯放过什么东西。乔弟憎恨它们，同时他也认为一切好样的动物也都憎恨它们，但是大秃鹰能帮助去清除动物尸体这一点，不该去伤害它们。

过了不久，那孩子又从山上逛到山下。两条狗早早地就撇下他不管了，钻进艾丛中干自己喜欢的事儿去了。于是他又从菜园走回来，停下了脚步，因为他不小心，用脚跟踩碎一只绿色的甜瓜，不过他并没有因此感到高兴，因为他知道自己干了一桩坏事。他便把泥土踢到那些被踩坏的甜瓜上，完整把它盖了起来。

他一回到家里，母亲俯下身子去察看他那双粗糙的双手，检查他的手指和指甲，之后再替他洗干净，虽然知道让他去上学也没有多大用处，因为他在路上会碰到太多的事情了，所以对他手上的那些黑色的皲裂，她也只能无奈的叹口气。她把午餐和书给他，打发他马上走上一英里路去上学。不过她注意到今天早上他的嘴巴老是在动。

乔弟出发上学的路上。他一路上捡了许多小白石子，把口袋都塞得鼓鼓囊囊的。他不时向路上晒太阳晒得太久的兔子和鸟儿掷石子。他碰见了两个小朋友在过桥的十字路口。于是他们三人便结伴向学校前进，还故意迈着非常滑稽可笑的步子走，做出那种傻里傻气的模样。学校开学才不到两星期，学生当中还有很多人有厌烦情绪，收不起那颗爱玩的心来。

乔弟爬上山顶，再次居高临下去眺望牧场的时候，已经是大约午后四点钟左右了。他想寻找那两匹驯马，但是围栏里还是空空荡荡，父亲应该还没有回家，他于是慢慢吞吞走去干一些午后的那些零碎活。在牧场主的住宅里，他看见母亲此刻正在门廊上缝补袜子。

"厨房里有两只炸面包圈留给你。"她说道。乔弟听后一溜烟跑进了厨房。半只炸面包圈已经下肚，回来时，嘴巴里此时也被塞得满满当当。母亲便去问他，他这一天在学校里都学到些什么东西。不过她并没去听他那被炸面包圈堵得含糊不清的回答，却直接打断他说："今晚你要留神把劈柴箱装满，乔弟。你昨晚把劈柴放得乱七八糟的，不满半箱，你今晚要把劈柴放平。乔弟，还有，有些母鸭子生怕狗把鸭蛋吃掉，所以把蛋藏了起来。你一会儿到草丛里去找找，看看能不能找到下蛋的鸭子窝。"

乔弟一边去干家务活，一边吃。他把麦粒撒了出去，只见鹌鹑马上飞过来啄食。不知是为什么，父亲一看见鹌鹑来啄食麦粒时，就感到自豪。他一向不允许别人在住宅旁打枪的原因，就是怕鹌鹑被吓得跑掉。

劈柴箱一装满之后，乔弟就拿起他那个二十二毫米口径的那把来福枪，跑到艾丛旁边的冷泉去，匆匆喝上几口水，就拿起枪瞄准各种各样的东西：飞鸟啦，岩石啦，甚至还有柏树底下那口煺猪毛的大黑锅。因为他没有子弹，所以他没法射击。因为不满十二岁，所以他是不会得到子弹的。而且要是父亲看到他拿枪向房子瞄准，就会再推迟一整年给他子弹。乔弟一旦想起了这件事，就不会再把来福枪指向山下了。因为要等两年之后才可以拿到子弹，总是觉得时间太长了。父亲每次给他一次礼物，都会附有一些条件。这样做未免有损于礼物的价值，不过倒也立下了好的规矩。

因为等父亲回来，一家人直到天黑才开始吃晚饭。父亲和比利·巴克终于一起回家来啦。乔弟闻到他们呼吸的空气中有一股白兰地的特有酒香。他心里暗暗高兴，因为每次当闻到父亲口里有白兰地酒的香味时，父亲就会很高兴地和他聊聊天，甚至有时谈谈年幼时他在开荒年代里做过的那些事。

晚饭后，乔弟便坐在壁炉旁边。他那双文静、羞怯的眼睛，一遍一遍地扫视着房间的各个角落。乔弟知道父亲肯定带回礼物，可是他大失所望，他正等着他把肚子里的话说出来呢。父亲却严厉地指着他说：

"乔弟，你最好还是先去睡觉，我明天还有事要找你。"

派他干活，这也许还不算太糟。希望不是那种老一套的活计就好，他还是很乐意的。他没有开口，瞧着地板，只是嘴巴在那动了好久。"明天早晨我们要干什么，要杀头猪吗？"他轻轻地问道。

"你现在别管，你最好先去睡觉。"

门在他身后关上的时候，乔弟听见父亲和比利·巴克正在嘻嘻哈哈，他明白这是他们在那里开玩笑。他后来躺在床上，还想继续听清隔壁房间里那些模糊的说话声。"路斯，不，我又没为他多花什么钱。"他听见父亲在提出不赞同的意见。

　　乔弟还听见一些猫头鹰在马厩附近追逐耗子的声响，还听见果树的枝桠轻轻敲打屋子的声音。他伴随着一头牛的哞哞叫唤进入了梦乡。

　　早晨当铁三角当当一响的时候，乔弟就已经穿好了衣服，这比往常快了许多。当他在厨房洗脸梳头时，母亲内心烦躁地对他讲："你如果不好好去吃早饭，就别指望今天能出去。"

　　他走进饭厅，在铺了白桌布的长桌前围坐下来。他先是从大盘子里拿了一块小的热气腾腾的烤饼，并在上面放上两个小的煎鸭蛋，然后再盖上一块烤饼，最后用叉子把它们压压扁。

　　父亲和比利这时候也走了进来。根据地板的响声，乔弟就可以清楚地知道他们穿的是平底鞋，但他还是习惯地朝桌子底下看了一眼，以证实自己的想法。这时天已经大亮，父亲就熄灭了那盏煤油灯，显出一副训人和严厉的样子。比利·巴尔连正眼都没有看乔弟一下，他避开孩子询问、羞怯的目光，一手把一整块吐司泡在咖啡杯子里。

　　"你吃完早饭便跟我们来。"卡尔·蒂弗林口气挺凶地说。

　　这顿早饭，乔弟吃得都卡在喉咙口，他感到这一切像一种末日来临的气氛。比利一手倾斜茶杯碟子，一手把泼在里面的咖啡呷干，之后在工装裤上擦了擦手之后，两个大人便起身站了起来，先后一起踏入晨曦之中。乔弟落后好几步，但是已毕恭毕敬地跟着。他尽可能告诫自己不东想西想，以保证自己的思想此刻保持绝对安静。

　　母亲在后边喊道："记住别让那玩意儿搞得他不想去上学呀，卡尔！"

　　他们一直走过了那颗柏树，上边还有一条杀猪用过的横木径直从一个大桠枝上吊垂下来，又走过那口黑沉沉的大铁锅。看来我们此行并不像是去杀猪。太阳在山上照耀，所以给房屋和树林投下了长长的黑影。他们又穿过一块被收割过的庄稼的田野，抄近路向马厩走去。乔弟的父亲取下门钩，他们几个人就走了进去。刚才他们是迎着阳光而来的，所以一踏进去马厩里，就只觉得漆黑一片，一股牲口和干草散发出来的热气扑面而来。乔弟的父亲一边向着一个单间马厩走去。一边吩咐说，"到这儿来。"乔弟这时候已经开始看得清东西了。他向马厩单间一望，但是马上往后退了几步。

　　一匹枣红色的马驹此刻正在单间马厩里一脸和气地朝外看着他。它那眼睛露出一股野气，一双高高竖起的耳朵向前探出，一身皮毛又厚又粗，活像那些粗毛狗的皮毛，鬃毛又乱又长。乔弟一看它，顿时觉得喉头哽咽，连呼吸都会感到有些困难。

"你要好好地刷一刷毛，"他的父亲说道，"以后要是我听说你不清扫马厩，没有喂料，我马上就把它卖掉。"

乔弟仿佛如果再看一眼那匹马驹的眼睛，就会有点经受不住似的。他盯着看了好一会儿自己的双手，然后十分腼腆地问道："这个是我的吗？"可是却没人搭理他。他朝那匹马驹伸出手去，马驹也配合地把灰色的鼻子凑过来，哼哧哼哧地对着他的手喷气，接着缩起两片嘴唇，牙齿有力地衔住乔弟的手指，马驹上下颠晃着脑袋，仿佛高兴得哈哈大笑。乔弟看看被它咬青了的手指，得意地说："我看它还真挺能咬人，嗯！"那两个大人听了，这才放心地开始大笑起来。卡尔·蒂弗林毕竟心里有些不太踏实，便独自一人踏出马厩到山坡上去了。但是比利·巴克却没有走。这下比利·巴克和乔弟说话就很方便了。乔弟又问了一遍："请问，这马是给我的吗？"

比利换了一种行家的口气对他说："当然，如果你认真照料，好好驯服它，它就会是你的。我之后会把方法教给你，只不过，它现在还是匹小马驹，你一时还不能骑它。"

乔弟又把他那咬青了的手伸过去给小马，这次小红马肯把鼻子让他摸了。乔弟说，"我得弄根胡萝卜来！你们从哪儿把它买来的，比利？"

比利解释说，"在司法拍卖场买来的，萨利纳西的一个赛马会因为破产了。并且欠了很多债，于是司法官就把他们的东西拍卖给大家了。"

那马晃了晃，伸出鼻子，便把额毛从那双充满了野性的眼睛上甩开了。乔弟一边摸了摸马鼻子，一边轻轻地问："怎么没有……没有马鞍子？"

比利·巴克便笑了起来，说："跟我来，我给忘了。"

他在马具间里取下一副摩洛哥皮的红色小鞍子。"这副鞍子现在不过是摆摆样子的，"比利带着一副看不起他的口吻说，"在树丛里它可不管用，不过它的价钱也还便宜。"

乔弟看着那副马鞍子，一句话也没说出来，有点信不过自己。他用指尖抚摸闪闪发亮的红皮，过了好一会了，才开口说："不过把它放在它身上，倒是很好看很配的。"他想起了他所知道的最美丽、最阔气的东西。"如果它还没有名字，我建议该叫它戛贝兰·曼吞斯。"他说道。

比利一眼就猜得透他的心思。"这的确是个挺漂亮的长名字，但是为什么不干脆叫它戛贝兰呢！就是鹰的意思嘛。这是个出色的名字，对它来讲太合适了。"比利兴高采烈地在那说，"你如果可以把马尾毛收集起来，哪一天说不定我可以给你编条毛绳子，到时你可以拿它做一副以后用的调马笼头。"

乔弟想回到马厩单间去。他问："你觉得，我可不可以牵它到学校去，让小朋友都看看它？"

比利一边摇摇头，一边说道："它因为从来没戴过笼头，所以我们一路上便强拖硬拉，花了好大的工夫，才把它弄到这里来。你现在最好还是独自去上学去吧。"

"那今天下午要让小朋友到这里来看看它吧。"乔弟说。

那天午后没多久，六个小朋友晃动前臂，低着脑袋，气喘吁吁，花了将近半个钟头才用尽力气翻过山来。他们又越过被收过庄稼的田野，之后径直朝马厩走来。最终站在那匹马驹跟前，但是他们全都显得不那么自然，都用一种以前从未见过的敬慕眼神看着乔弟。在今天之前，乔弟不过是一个穿蓝衬衫、工装裤的普通男孩子，而且又比一般人还显得文静，好多人还疑心他是个胆小鬼呢。现在全然大不同了。他们全都怀着千百年来步行者对骑马者的那种羡慕心情，发自本能地意识到一个骑马的人，不论在身体上和精神上，都要比一个步行的人高大很多。他们全都懂得，乔弟已不再和他们在一个地位上，而是突然奇迹般地凌驾于他们之上。这时戛贝兰突然把头伸出单间马厩，去嗅嗅他们。

"你为什么不骑它呢？"那些孩子叫道，"你为什么不像市场上那样，用缎带把它的尾巴编起来？""什么时候你可以骑它呀？"

听了这话，乔弟这下勇气大增，也似乎体验到了骑马人的那种特有优越感了。"它现在还小呢，要过好些时候才可以骑。到时候我要用长笼头驯化它，比利·巴克会教我的。"

"哦，那我们现在牵着它兜一会儿可不可以呀？"

乔弟说："它还没有戴过笼头呢！"他认为第一次把马驹牵出来的，最好不要有外人在现场。"来我们去看看那副鞍子吧！"

他们默默地看着那副摩洛哥红色的皮鞍子，全都惊讶得竟连一句品评的话都说不出来。

"在树丛中这鞍子不太顶用，"乔弟解释说，"但是放在它身上却挺好看。我可能要骑光背马进树丛。"

"但是没有前鞍桥，你用什么套牛呢？"

"我也许还要买另一副日常用的鞍子，可我爸爸能要我帮他去照料牲口呢！"之后他让他们用手摸摸那副红皮鞍子，又让他们看看马勒上的铜链喉勒，以及带革和头勒在太阳穴交叉处的几颗大铜钮扣。这实在是妙不可言的一整套东西。过了一会儿，他们就必须离开了。孩子们个个心里都在盘算自己所有的东西，看看有没有到时候可以作为交换品骑一次小红马。

他们走了以后，乔弟高兴起来。他从墙上拿下马梳和马刷，先放下单间马厩的栅栏，然后小心翼翼地走了进去。马驹的眼睛瞬间发亮，侧身一转，便摆出一副踢人的架势。乔弟模仿比利·巴克平日所用的方法，擦擦它那高高拱起的颈脖，摸摸它的肩头，还用低沉的声调哼哼唧唧地说："伙计，哦。"才使得马驹的紧张情绪慢慢松弛下来。于是乔弟又是刷，又是梳，一直梳刷到马驹身上现出一片深红的光泽这才罢休，马厩里散落得一地的浮毛。每刷一遍，他总觉得还可以刷得更到位一点。之后他还把小红马的鬃毛编成十几条小辫，最后把额毛也编了起来，但是他随后又将它们解开，重新梳直。

由于太认真乔弟没有听到母亲走进马厩的声音。她本是怒气冲冲来的，可是当她看到正在为它梳毛的乔弟和里边的马驹，心头顿时涌起一阵莫名的自豪感。"乔弟，你把劈柴箱的活给忘了吧？"她温柔地问道，"天都快黑了，但是家里还没有一根柴禾。鸭子还没有去喂呢！"

乔弟赶紧放下手里的工具，站身说道："妈妈，我忘了。"

"好吧，往后你最好先去干零碎活，这样你就不会忘了。如果我不紧盯着你，我估计你会把一大堆事都给忘干净了的。"

"妈妈，我可以从菜园子里挖几根胡萝卜给马驹吗？"

"唔，"对这个问题，我可得考虑一下，"如果你只挖那些老的、大的，我看可以。"

"胡萝卜对马的皮毛有很大的好处呀。"他说道。母亲听他这么一说，心里涌起了一阵说不出的自豪感。

自从马驹来了以后，再不用铁三角催促乔弟起床了。他在母亲醒来之前，就会蹑手蹑脚爬起来，然后匆匆穿好衣服，悄悄地走到马厩去探望戛贝兰，这已经成了乔弟的习惯。在那静悄悄、灰蒙蒙的清晨，大地、房舍、树丛、树木，看上去全都带有黑色和银灰色，就像照相底片一样的时候，乔弟这时便穿过沉睡的柏树和沉睡的石块，悄悄地走向马厩。田野闪射出像落过霜一样灰蒙蒙一层的光芒，田鼠、野兔在露水上留下的那些足迹，还很清晰可辨。两条忠实的狗，直挺挺地窜出小屋，然后耸起颈毛，有时喉咙里还发出深沉的咆哮声。后来未成年的牧羊犬司墨雪和尾巴粗大的横木穆特，先后嗅出了是主人乔弟的气息，于是便翘起那僵直的尾巴，摇来摆去地对他表示欢迎，随后又懒洋洋地钻回到暖和的狗窝里睡觉去了。

对乔弟说来，是一段神秘莫测的路程，这是一个稀奇的时刻，是一场梦幻的延续。最初当他得到这匹马驹时，在去马厩的路上他总喜欢拿一些奇特的念头来苦恼自己。他有时会去想象戛贝兰不在马厩，或者从来就不曾在厩里呆过。而且他还另有一些自寻烦恼的、有趣的想法：他会想象那副红皮鞍子被一群老鼠啃出一些乱七八糟的窟窿，甚至这些老鼠还把戛贝兰的尾巴咬得伤痕痕痕的。所以每次到马厩去的最后一段路，他老是奔着去的。当他拉开生锈的马厩门搭扣踏进去时，不管他怎样个轻手轻脚开门法，戛贝兰总会从单间马厩的栅栏上探出头来望着他，跺着一只前蹄，轻轻地嘶鸣，眼睛里还不停闪烁着一大团一大团的红色火花，好似橡木的余烬一般。

有时，当天如果要使唤马去干活，乔弟就会遇到比利先在厩里刷马、备马。比利这时就会和他一起站着，从头到尾把戛贝兰看上半天，比利还把一大堆有关马的基本知识告诉他。他解释说，马儿会老是为它们的四条腿而提心吊胆，所以要学会经常提起它们的腿，拍拍它们的踝骨和蹄子，帮助他们消除恐惧心理。他给乔弟讲，马儿喜欢别人跟它们聊天。他应该现在开始练习和马驹说话，把一件件一桩桩事情的道理都给它说清楚。不过比利也不确定，究竟一匹马是否懂得给它说的每一件事情。因为它们到底懂得多少，根本没法弄清的。马如果所喜欢的人把事情给它讲明白了，马是从来不会乱踢人的。比利可以举出很多这样子的例子，比如，他知道一匹马跑得神疲乏力了，一旦经主人指明目的地就在不远的前面，它就立刻振作起来了。他还知道，如果一匹马给吓得瘫软无力，一旦骑马的人告诉它，是什么东西吓着它的，它便恢复常态了。每当早晨比利谈得有劲，他就会一边谈一边把二三十根麦秸，顺手切成划齐三英寸来长，插在帽圈里。这样，整整一天中，只是想嘴里有样东西嚼嚼或者想剔牙，只要一伸手就可以抽到一根麦秸。

乔弟听得聚精会神，他知道，比利·巴克是这一带养马的一把好手。比利的那匹马，是一匹青筋暴突的小野马，马头像一把锤子似的，在家畜比赛会上，它差不多每次总是获得一等奖的。比利要套一头小公牛，他只要将套索在前鞍桥上打上一个简单的结子跳下马来，他的那匹马就自会拉紧套索，好像渔翁钓鱼那样去，摆布小公牛，一直到那头小公牛倒下，或者降服为止。

乔弟每天早晨将马驹梳刷完毕之后，就会放下马厩的那些栅栏，戛贝兰就会猛地从他的身边冲过去，奔下厩房，跑进围栏去，然后一圈又一圈地飞奔起来。它有时候跳跃向前，有时候直腿落地，它有时候也会浑身颤抖地站定下来，耳朵向前绷直，两只眼睛转得直露出眼白，装出一副受到惊吓的模样。最后它会喷着响鼻向水槽走去，然后把鼻子往水里一浸，一直浸到鼻孔。乔弟这下可得意了，因为他懂得这是判断马匹品质优劣的依据：劣马只自己用嘴唇沾沾水，骏马则是连鼻子带嘴巴都可以浸入水中的，只留出一点点用来呼吸的空隙就可以。

之后乔弟就站在那儿观看那匹小红马驹，他在它身上看到了一些他在别的马身上他从来没有注意到过的东西。他看到了光滑滴溜的肋部肌肉，看到了攒起的拳头一般的发达臀部肌肉，当然还有那映日生辉的红色光亮皮毛。自出生以来乔弟看见过许多马匹，或许只是先前不曾这样认真看过。现在他可是注意到那对一动一动的、能表达感情的耳朵了，这对耳朵甚至还能反映出脸部的表情。马驹是用耳朵说话的，根据它那耳朵的动作，你可以准确地说出它对一切事物的相关想法。那对耳朵时而松弛倒伏，时而笔直挺立。恐惧、发怒时，耳朵向后倒；好奇、焦急和喜悦时，便会向前倾。耳朵的一定姿势，就说明一定的感情。

比利·巴克没有失信，一到秋初他就着手驯马。第一桩事情就是戴笼头。因为这是驯马的第一件事，所以也是最棘手的。乔弟手拿着一根胡萝卜，边许愿，边哄，并且边扯绳子，马驹一感到绳子被绷紧，便像骡子那样四脚立定不肯再动弹。不过好在没多久，它就学会这些了。乔弟牵它在牧场上反复溜达，他渐渐连绳子都可以放掉，马驹不需要牵引，便去尾随着他到处转悠了。

随后便进行长笼头训练，这可是个慢性子的活。开始时乔弟拿着长索站在圆圈中央，一边他鼓舌咯咯作响，马驹便由长索牵着在大圈内迈步；当他再次咯咯作响，命令马驹小跑；然后再咯咯作响，让它飞奔。夏贝兰一圈一圈跑得心花怒放，蹄声如雷。最后，他大喊一声"吁"，马驹便立刻站住了。夏贝兰没多久对这一套就已经滚瓜烂熟，可是在很多方面，它始终还是一匹淘气的小马驹。它踩乔弟的脚，咬乔弟的裤子。它耳朵时不时向后一倒，对准那个孩子狠命地踢上一脚。夏贝兰每逢干了这种坏事，到安定下来，就似乎在暗地里偷偷发笑。

晚上比利·巴克坐在壁炉前继续搓毛绳，乔弟把小马驹的尾毛收集在袋里。他在一边坐下来，看比利不慌不忙的搓绳子。他先是把几根尾毛捻成线，接着再把几根线搓成了细绳，然后又把几根细绳编成粗绳。比利把搓好的绳子放在地板上，开始用脚揉，使得绳子变得又圆又硬。

长笼头训练很快就到在了成熟阶段。乔弟的父亲看那马驹起步、立停、小跑和快跑，心里稍微有点不踏实。

"它都快成为一匹耍把戏的马儿了，"他抱怨说，"我不喜欢那种耍把戏的马。一匹马要是耍把戏，它便失去了一切庄严。哼，它就会像一个没有个性、没有自尊心的戏子一样，"他接着又说，"我建议你最好还是让它早些习惯鞍子吧！"

乔弟听后赶紧奔到马具间去，因为他已经把锯木架配上鞍子当马，有一段时间了。他已经一次又一次改变了踏镫的长度，可是怎么弄也觉得不合适。他有时候骑在马具间的锯木架上，身旁还挂着颈圈、护肩和挽带。

乔弟想象着自己骑着小红马走出马具间，而且还在前鞍桥上放上他那支来福枪的情形呢。他眼前好像有一片片的田野从身边掠过，耳畔似乎还可以听到一阵阵奔驰的蹄声。

给马驹初次套鞍，真不是一件容易应付的活。戛贝兰肚带还没扣好，便前腿腾空，拱起腰背，便把鞍子摔掉在地上。于是不得不反反复复重新把马鞍放上去，一直要到马驹肯让鞍子留在背上为止。结肚带也是一件相当困难的事，每天乔弟把肚带收紧一点，直到马驹变得一点都不在乎那只马鞍，才算真正结束。

下一步便该套马勒了。比利时常给乔弟讲解着，在戛贝兰习惯于嘴里衔东西前，他学会了如何用一根甘草当作马衔铁。比利还继续解释说："当然，我们还可以硬逼着它学这学那，可是那样做，它就没机会成为一匹骏马。它就会总有点缺乏自发，畏畏缩缩的精神。"

马驹第一次套上马勒，总把头摇来摆去，用舌头去抵着马衔铁，抵得口角里面鲜血直流。它还在马槽上蹭，试图把马勒蹭下来。它的耳朵会不停转来转去，眼睛露出惊惧，变红和倔强的眼神。乔弟很高兴，因为他懂得只有劣马才不憎恨训练。但是乔弟一想到他总有一天要坐到那副鞍子上去，就会不禁打起哆嗦来了。那匹马驹很可能会把他摔一个嘴啃泥的。这本来不应该算什么丢脸的事情，不过要是他不能立刻爬起身，再重新骑上去，那才叫真正丢脸呢！他有时梦见自己没法再骑上去，而且躺在尘土中哇哇直哭。睡梦中的这种羞耻心情，一直要持续到中午才慢慢消褪。

戛贝兰长得非常快，从前那种腿子修长的小马驹相貌，已经不复存在了。它的鬣毛长得很长，而且变得更黑。由于这一身皮毛经常梳刷，也变得油光水滑，就像涂上一层橙红的油漆，十分光亮。乔弟还给它的蹄子上了油，还经常仔细修剪，所以它的蹄子不开裂。

此时毛绳也差不多快搓好了。父亲前些日子给了乔弟一副旧马刺，此时正缚在两边的铁条里，还把皮带切短，把小链条收高，都给收拾得舒舒齐齐。卡尔·蒂弗林有一天说：

"出乎我意料之外，马驹长得这么快，我看你在感恩节就可以骑它了。你能驾驭得了它吗？"

乔弟腼腆地说："我不知道。"此时离感恩节只剩下三个星期了。他每天都盼望天不要下雨，因为一下雨红皮马鞍就会被弄脏。

这时戛贝兰已经认得乔弟，并且它很喜欢乔弟。每当乔弟穿过收割过的田野向它走近时，它就欢快地连连地嘶鸣。如果在牧场上，只要主人嗯哨一声，它便会飞驰而来。当然，每回它都可以因此得到一根胡萝卜。

比利·巴克反反复复地给他传授骑马的要领。"只要你一骑上马背去，就马上把两膝夹紧，双手再脱开鞍子。如果不小心摔下来，也不要就此罢手。不管一个人有多大能耐，总会有一匹马把他摔下来的。你要在它感到春风得意之前，就重新爬上马背去。过不了多久，它就不摔你了。而且再过不了多久，它也没能力摔你了。这就是骑马的精髓。"

"我祈祷节前不要下雨。"乔弟说。

"怎么了？是不想摔在烂泥里吗？"

这只是其中原因，另一个原因是他生怕戛贝兰慌里慌张，弓背跃起，然后不慎失足，甚至跌在他身上，压断他的髋骨或大腿。他以前听说过也见过有人这样出事的，他怕的就是这个。他们像压扁了的虫子一样，在地上扭动。

他在锯木架上做过很多练习，右手拿帽子，左手拿缰绳。这样一来，就没有空闲的手，如果一旦感到要掉下来，就不会去抓住前鞍桥。真的要是去抓住前鞍桥的话，这后果简直是不可想象的。父亲和比利将会因此感到丢脸，没准再也不会理他。消息传开出去，母亲也一定觉得丢脸。而在校园里，那后果就更不敢往下想了。

在给戛贝兰套上马鞍以后，他就开始把全身重量压在其中的一只马镫上，但是他并没有把腿跨过马背去。因为在感恩节前人们是不许他这样做的。

他每天下午都把红皮马鞍放在马驹背上，然后收紧肚带。此时马驹在收紧肚带时已经学会如何把肚子鼓大，在收紧以后，才慢慢松下来。乔弟有时把它牵到灌木丛边，让它到发青的圆桶里喝些水；他有时牵着它穿过被收割过庄稼的田野爬到小山岗上去玩。马驹可以在山岗顶上远眺，可以看看萨利纳西的白色市镇，可以看到那大盆地上像课本上的几何图形的田地，以及那些被绵羊啃过的橡树。他们还常常穿过树丛，来到小小的一块块圆形空地上。这些空地被树丛围住，与外界隔绝。平常生活可见的那些东西，此时就剩下头顶一块蓝天和四周一圈的树丛了。戛贝兰很喜欢这种旅行，它兴致勃勃地打着响鼻，把头儿高高抬起，都表明了这一点。当他们俩旅行归来，身上便会散发出一股强行穿越艾丛时留下的清香气息。

感恩节前的那些日子过得好艰难，但是冬天却说到就到了。这些日子云头低垂，拂着岗顶，整日遮在这地方的上空。夜里，还会凤风怒吼。橡树的枯叶成天往下掉，给地面上铺了一层厚厚的叶子，不过树干的模样还是那么依然如故。

虽然乔弟盼望在感恩节前不要下雨，但雨还是下了。褐色的大地也因此变暗了，树木变得亮晶晶的，麦秸残梗此时发霉变黑，干草堆因为受潮变灰；那些屋顶的青苔，在整个夏天都灰蒙蒙的像壁虎一样，此时却耀眼起来，变成了黄绿色了。雨稀稀疏疏下了一个星期，乔弟把那匹马关在干燥的马厩单间里。他只好在放学以后把它带出去走一会儿，让它溜溜腿，再在山上围栏的水槽中喝几口水，但是戛贝兰一次也没有被雨淋湿过。

雨一直下到新草生出才渐渐停歇。乔弟现在要穿上雨衣和短筒套雨鞋才能去上学。太阳在一天早上终于光灿灿地露出脸儿来了。乔弟一边在马厩单间里干活，一边对比利·巴克聊道："我今天去上学，或许我还是把戛贝兰留在户外围栏里的好。"

"让它在外边晒晒太阳对它有好处的！"比利的话使乔弟放了心。"牲口都不喜欢被关得太久，我和你的父亲待会儿就要到山上去清除泉水中的落叶。"比利一边点点头同意，一边用一支短麦秸在剔牙齿。

"但是要是下起雨来……"乔弟提醒他问

"今天不像会下雨，应该已经下够了。"比利卷起袖子，扣上臂环，"再说就是下雨，一匹好马也不会被一场雨淋坏啊！"

"那好吧，但是如果真下起雨来，麻烦你把它牵进去好吗，比利？我担心它着凉，我到时候就不能骑它了。"

"哦，当然，要是我赶得及回来，我肯定会照顾它的。不过今天真的不会下雨。"

乔弟于是去上学，把戛贝兰留在外边的围栏里晒太阳。

比利·巴克在许多事情上基本都没有出过错，也不允许他弄错。不幸的是对那天的天气，他却偏偏凑巧给弄错了。午后不久，一团团乌云涌过山来，下起了倾盆大雨。乔弟听得校舍屋顶上的雨滴声，本打算举手要求上厕所，然后一到外边就拔腿向家奔去，把马驹牵进了马厩。可是那样一来，他一定会受到师长和父母的责备。所以他不得不放弃这个念头，更用比利说的雨淋不坏一匹好马的话来安慰自己的心。学校一放学，他就冲进昏天黑地的大雨，拼命跑回家去。一小股一小股的泥浆水从大路两边高起的地方间歇喷溅出来。寒风一阵阵吹得雨滴倾斜，盘旋打转。乔弟一路踩着泥浆、砾石，一溜小跑赶回家来。

他在山巅上就远远望见了围栏里那可怜巴巴的戞贝兰。它垂头站在那里，尾巴对着风雨，早已被雨水淋透，红皮差点变成了黑皮。

乔弟一奔到，马上就急忙打开栅栏门，一把抓住了马的额毛，匆匆把湿淋淋的马驹牵进了马厩。随后他找来一条黄麻袋，快速去擦湿透了的马毛，还擦了擦它的足踝和腿。戞贝兰站在那儿任由他摆布，可是身体却一阵阵地像风一样颤抖。

乔弟尽力把马驹擦干，然后跑进屋里去取来热水，回到马厩把麦粒泡在热水里。戞贝兰好像并不饿，它只尝几口热气腾腾的麦糊，就停下了。还不时地哆嗦，潮湿的背上顿时冒出阵阵一些水气。

卡尔·蒂弗林和比利·巴克差不多天黑了才回到家里。"天一下雨，我们就在本·赫契的地方躲雨。雨整整一下午都没有停过。"卡尔·蒂弗林忙向他解释。乔弟用十分责备的目光看着比利·巴克。而此时比利也觉得对此心中有愧。

乔弟抱怨他说："你说天不会下雨。"

比利将目光移向一旁。"这个季节的天气很难掌握的。"他说。但是他的辩解根本是站不住脚的。他没有什么权力出错，这一点他心里是清楚的。

"马驹全身淋湿了，淋得浑身直发抖。"

"那你把它擦干了吗?"

"我用麻袋给它擦过好几遍，而且我还给它吃了些泡热的麦子。"

比利点头表示有些赞许。

"比利，你认为它会着凉吗?"

"一场小雨也不会坏事的。"比利总算说了一句让他可以宽心的话。

　　乔弟的父亲这时插话进来，把那孩子狠狠训了一顿。"它是马，"他说，"它可不是哈叭狗之类的玩意儿。"卡尔·蒂弗林一向反感，对于药罐头和窝囊废，非常看不起不中用的东西。

　　乔弟的母亲把一盘煮马铃薯、牛排和煮南瓜一起放在桌子上。这些东西使得整个吃饭间都显得热气腾腾的。他们都坐下来吃饭了，蒂弗林还在一直嘟嘟哝哝，说过于娇惯，导致人和牲口都会变得非常软弱不堪的。

　　比利·巴克因为自己的原因出了差错，心里也很不好受。"那你给它盖上毯子了吗？"他问我。

　　"没有，因为找不到毯子，所以我把几只麻袋拼凑着盖在它背上了。"

　　"那么待会儿等我们吃完饭，咱们下去给它盖盖好。"比利这会儿才觉得心里好受一些。趁着乔弟的父亲到屋里烤火取暖，母亲在厨房洗碟子的时候，比利找来一只灯笼，并把它点亮。乔弟和他踏着泥泞到马厩去。马厩里面黑洞洞、香喷喷、暖洋洋的。马厩里的马匹此刻还在咔嚓咔嚓地吃着夜草。比利吩咐道，"你拿好灯笼！"他又摸了摸马驹的腿，他把脸颊贴在马驹那灰色的嘴上，然后翻开上眼皮，仔细看看眼球，又试试马肚子两侧的热度，掀起马驹的嘴唇，又检查一下齿龈，还一边把手指伸到它耳朵里去。一边说"它好像精神不是很好呀！"比利说道，"我们要用力给它擦擦身子。"

　　随即比利找来一条麻袋，狠狠地擦马驹的那四条腿、肩部和胸部。戛贝兰精神已经萎靡到了极点，任人家怎么擦，它都在那忍受着。之后，比利从马鞍房又拿出一条旧棉被来，把它盖在马驹的背上，然后用绳子把它胸部和颈部扎了起来。

　　比利说："这下，它到早晨就会好啦。"

　　乔弟一进到屋里，母亲就抬起头问他。"你最近睡得都太迟了。"她一边说道。她一边用粗糙的手托起他的下巴，又拨开他眼前的乱头发。她又说道："它会好的，别为马驹发愁了。比利的医道，比这一带的兽医还高明。"

　　乔弟想不到母亲还竟能看出他在那里为马驹的事情发愁。他轻轻从她身边挣脱离去，跪到大炉跟前以便让肚子贴近炉火。他被烤得浑身暖和之后，才爬到床上去。可是要想睡着可没那么容易，也不知究竟过了多长的时间，他还没有合上眼睛呢。屋里黑咕隆咚，但是窗上却像黎明前那样若隐若现有一点灰蒙蒙的亮光。他爬起身来，摸索着找到了工装裤，当他正在摸索裤腿时，邻室的时钟却当当敲了两下。他便放下衣裤，又爬上床去睡。当再次醒来时，天已大亮。这在他生命里还是头一遭哩，他睡到铁三角响过才醒。他一骨碌爬起床，披上衣服，一边扣衬衣的钮扣，一边慌忙走出门口。母亲在背后盯了他好一阵，一句话也没说又回去干活。她的眼神是慈祥和沉思的，虽然嘴角不时露出一丝笑意，但是眼神却始终没有改变。

乔弟向马厩跑去。半路上他听到了他最怕听见的声音——一匹马的重浊的咳嗽声。他向马厩拔腿飞奔起来，一踏进马厩，就看到马驹正和比利在一起。比利正在用他一双厚实、粗壮的手擦它的腿。他愉快地笑笑，抬起头来。"它不过是着了一点凉。"比利说，"两三天我们就能把它治好。"

乔弟看看那张马脸：此时眼睛半闭半合，眼皮沉重又干涩，眼角还结上了眼屎。夏贝兰此时耷拉着脑袋，两只耳朵无力地倒向两边。乔弟伸过手去，但是那匹马驹却没有像往常一样凑上前来。它又连连咳嗽，浑身不住吃力地抽搐，有时从鼻孔还流出一道稀薄的液体。

乔弟回头望望比利说："比利，它病得很重呀。"

"它不过是着了一点凉，我刚才说过。"比利坚持说，"你赶紧吃点早饭，你安心上学去吧，我会照顾它的。"

"你可能还得去做其它事，你会把它丢下不照管它的。"

"不，我不会的，我绝不会把它丢下。明天是星期六，你可以和它呆在一起一整天。"这回比利又弄错了。他心里很难受，而且这时他还得去给马驹治病。

乔弟回到屋里，满面愁容地坐在桌旁自己的位置上。他今天虽说没有往日吃得少，可是却连咸肉和鸭蛋的油腻腻、冷冰冰也没有觉察到。他甚至都没有提出要求不去上学留在家里来照顾小马驹。母亲在收盘子时，帮他把头发拢到后边，安慰他说："比利一定会照顾马驹的。"

在学校里他整天愁眉苦脸，读不了一句书，答不上一个问题。甚至任何人不能对他提马驹病了，因为这样一说他就会更难受。终于等到放学了，他一路上提心吊胆地动身回家，因为害怕所以走得慢慢吞吞，任由同学把他远远地丢在后边。他多么希望自己可以一直没完没了地走下去，永远都到不了那个牧场。

比利正如他之前答应的那样，呆在马厩里一整天，只是马驹的情形现在更加不妙。这时一双眼睛几乎睁不开来，鼻子还堵塞，呼吸还不时咝咝作响。一层白翳还遮住了它眼睛看东西的那一部分，实在很难说马驹现在是否还能看得见东西。它不时喷一下鼻子，想通一通鼻子，可是它看上去反倒像塞得比之前厉害。乔弟没精打采地看着马驹那身皮毛。它的毛又乱又粗，仿佛已经完全失却了昔日的光彩。比利一语不发地站在马厩旁。乔弟不想张开口，可是又不得不去打听一下。

"它……它好一些了吗，比利？"

比利从栏杆中间把手伸到马驹的下颌去，又摸了摸。"你摸这块地方试试，"说着，他牵着乔弟的手去摸马颌下一个大肿块。"等这块东西再长大一些，我就把它割开，它就会很快好起来了。"

乔弟赶紧扭过头去，他曾经听人说过那种肿块。"那肿块是怎么一回事呀？"

比利不想去回答，却又不得不回答。他不能第三次弄错了。"马腺疫。"他简单地说，"但是你不用发愁，我肯定能把它治好的。我以前是见过比戛贝兰更严重的病，都给治好了。我正打算让它发发汗，正好你可以帮个忙。"

乔弟可怜巴巴地说道："好的。"他就跟着比利走进了粮秣间去，帮助他准备发汗袋。这是一只帆布的长形草料袋，上面还有几条可以用来套住马耳朵的皮带。比利先往袋里装进大约三分之一麦麸，然后又加进几把干蛇麻草。之后他又在这些干料上面，又浇上一点松节油和石炭酸。"我现在就把这些东西拌匀，你赶紧到家里去拿一壶开水过来。"

乔弟赶紧拿了一把冒热气的小壶回来，比利此刻正在把皮带往戛贝兰头上套住。他把那只帆布袋紧紧地套在马驹的鼻子上，然后又从袋子旁边的那个小孔里灌入那些开水往那堆混合物去。一股热气便升腾起来，马驹开始挣扎了一阵，那股帮助它减轻症状的热气，透过鼻孔，进入肺部，那股强烈的蒸汽清扫了它的鼻孔腔道。它大声呼吸，同时四条腿像发疟疾一样巨烈地颤抖哆嗦。它双目紧闭，想躲开那股辛辣的蒸汽。比利又灌进了一些开水，蒸汽大约持续了十五分钟左右。末了他放下水壶，再取下夏贝兰鼻子上的那个帆布袋，马驹的样子比刚才似乎好了一些，呼吸也通畅了一些。两只眼睛也睁得比刚才大了。

比利说："这办法使它舒服了很多！我们现在重新用毯子把它裹好，也许到早上它就好得多了。"

"我今天晚上要和它呆在一起。"乔弟提议说。

"不，你现在没有必要这样。我把我的几条毯子拿到这里来，待会儿我睡在干草上。你可以明天呆在这儿，必要的情况下，你就再给它发发汗。"

当乔弟回家去吃晚饭的时候，夜幕已经降临了。他都没有去打听，有没有人给鸭子喂料，有没有给劈柴箱装满劈柴。他经过了住宅，穿过黑魆魆的树丛边上，在桶里喝了一小口水。泉水冰得他嘴巴发麻，水禁打了一个寒噤。山头上空这时还有一线光亮。他还看见天空还有一只鹰在飞翔，落日的余辉照射在它的胸脯上，那鹰像一团火花闪闪发光。鹰正把两只乌鸫赶下天空，它们向敌人进攻同时也在一闪一闪地发光。望见那西边的天空，一团团云正推移过来，估计又要下雨了。

全家人吃晚饭时，父亲没有开口说过话。在比利·巴克抱了几条毯子去马厩睡觉之后，卡尔·蒂弗林这才在火炉里生起了一炉旺火，开始讲起故事。他讲有一个全身赤裸的野人，在这一带四处乱跑。他耳朵像马，还长一条长尾巴；他甚至还讲到摩洛·柯乔的兔猫跳进树丛去捉鸟。他也回忆了，有关有名的马克斯威尔兄弟发现金矿矿脉的那件旧事，而且他们把矿脉的走向掩盖得太隐蔽了，后来以致连他自己也没法找到矿脉。

乔弟坐在那儿，双手托着下巴，嘴巴神经质的不停地动。父亲才逐渐觉察到他并没有认真听，便故意问他道："你认为这故事有趣吗？"

他说："是的，先生。"乔弟很有礼貌地笑笑，这一下彻底伤了父亲的自尊心，他很生气，不再继续讲故事。过了好一会儿，乔弟便提了一只灯笼到马厩去。比利·巴克此刻已经在干草堆上睡着了。马驹除了呼吸时肺里的声音还是有点粗重，其它方面好像是好多了。乔弟呆了一会儿，又摸摸它那粗糙的红毛皮，然后就提起灯笼回家去了。当他躺到床上时，母亲也跟着走进屋来。

"快要入冬了！你盖得够了吧？"

"够多了，妈妈。"

"那我就放心了，今晚好好歇歇吧！"她出去时表现得有些迟疑，略显不安地站住身子，说，"马驹会很快痊愈的。"

乔弟很疲倦，所以很快就睡着了，一直睡到天亮。铁三角响的时候，乔弟还没有走出家门，就看到比利·巴克却已经从马厩回到家里来了。

乔弟问道："它怎么样啦？"

比利吃起早饭来一直是狼吞虎咽的。"它很好，今天早晨我就打算把肿块割开，之后它可能会好一点。"

比利早饭以后，拿出他那把尖端像针的、锋利的刀子来。他把那亮光闪闪的刀刃在一块很小的金刚砂磨石上来回磨了老半天。他把刀刃和刀尖在他那长满茧子的大拇指上反复地试了几次，甚至还在上唇上试了试。

乔弟去马厩的路上，看到嫩草已经冒出芽，田野上的残茬一天天被自生自长的嫩绿草丛所湮没。那是一个天气比较寒冷、但是阳光和煦的早晨。

当乔弟一看到那匹马驹，就明白它的病情又恶化了。它的两眼已经被干巴巴的粘液封住了，所以紧闭。马头低垂，鼻子差不多都碰到了垫床的那些干草。它每透一次气，都要轻轻地呻吟一小下。这是一种忍受痛苦、病得很厉害的呻吟！

比利一手托起软弱无力的马头，一手用刀猛地一刺，乔弟就看到一股黄浓瞬时就流了出来。乔弟双手捧住马头，以便让比利用淡石碳酸油膏擦净创口。

"它现在会觉得好些了，"比利向乔弟保证说，"就是这种黄色的毒液使它生病的。"

乔弟不敢相信地看了比利·巴克一眼。"它现在病得很厉害呢！"

比利似乎把要说的话想了好久，他几乎又要轻率地承诺一个保证，不过总算他及时止住了。"的确，它病得还很重，"他终于说道，"但我之前见过比它病得更重的马，其中也有痊愈的。如果它不得肺炎，我们早就把它医治好了。你接着守住它吧，如果病情恶化，你就马上来叫我。"

比利走之后，乔弟就蹲在马驹身旁，并且在它的耳朵后面轻轻拍了好久，但是马驹却不像健康时那样翘起头来，而且还呼吸时发出的呻吟声变得越来越重浊了。

横木穆特向马厩里望望，好像故意惹人生气似的还把大尾巴摇得很是起劲。它显得那样健壮，乔弟对此十分恼火，在地上捡一块坚硬的黑泥块，不慌不忙地向它扔了过去。横木穆特痛得汪的一声，跑到一边去照料受伤的爪子。

上午过了一半，比利·巴克又回来了。他又做好了一个发汗袋。乔弟认真地看着马驹，想确定这次是否像上回那样会有所好转。它的呼吸的确倒是畅通一些，可是它始终还是没有抬起头来。

星期六那天好像特别漫长，乔弟傍晚时分，回到家里，将自己的铺盖带走。在干草上找了一个可以睡觉的地方。他这次并没有去请求母亲的答应，但是从母亲瞧他的模样里他就知道，任何事情母亲几乎全都会答应的。他那天晚上，把一盏点着的灯笼挂在马厩单间上边的一根铁丝上。比利·巴克嘱咐他，每隔一会儿就要去给马驹擦擦腿。

大约九点钟光景，外边刮起了风，在马厩四周呼啸。虽然乔弟很发愁，可还是忍不住瞌睡起来。他就钻进毯子睡着了。但是马驹呼吸时的呻吟声，还是不断地在他睡梦中回响。睡眠中他还听到阵阵撞击声，一直在那响个不停，最终他被惊醒了。寒风直往马厩里猛灌，他一跃而起，向下望望马厩的通道，只见马厩的门已经被风吹开，马驹早已不见了。

他一把抓住灯笼，快速跑到外边大风中去。只看见夏贝兰在黑暗中踉踉跄跄，耷拉着脑袋，机械地挪动那四条腿。乔弟赶忙追上去，一手抓住它的额毛。它便顺从地让乔弟牵着回到马厩。它的呻吟声越来越大，鼻子里发出可怕的啸声。乔弟自此后就再也没有闭上过眼。马驹呼吸的呲呲声越来越刺耳，越来越响了。

比利·巴克天一亮就进来了，乔弟非常高兴。比利又对马驹仔细观察了好一会儿，好像从来没有看见过它似的。他又摸摸它的腹部和耳朵。"乔弟"，他说，"我之后不得不干一桩你不想看到的事。你还是先回家去呆一会儿吧。"

乔弟拼命抓住他的前臂。"你是不是要开枪打死它？"

比利笑着轻轻地拍了拍乔弟的手。"不，我只是打算在它的气管上开一个小洞，以便它可以呼吸。因为它的鼻子堵住了。等它有些好转，我们再塞一个铜扣在洞里，它就可以呼吸了。"

乔弟想走开，却也走不开。眼看着红皮被割开固然十分可怕，可是明知要被割开，却不去看看，那岂不是就更可怕。"我要在这儿呆着，"他伤心地说，"你割起来确定有把握吗？"

"对，有把握。你捧住它的头，只要你不觉得恶心就行。"

那把锋利的刀子又被他拿了出来，又像上一次那样，仔仔细细地磨了好几次。乔弟捧着马驹的头，风便让它喉咙突出。比利则上下左右摸了摸，寻找到一个合适的地方。当那寒光闪闪的刀尖一刺进它的喉咙时，乔弟就哭了。那匹马驹无力地挣扎了几下。之后站在那里使劲地哆嗦。一股浓热血喷出来，并且顺着刀子流到比利的手上，慢慢流到衬衫袖子里去。这只四四方方的手，精确地在马驹身上捅了一个小圆洞，马的气息便从喷血的洞里迅速冲出。马驹便可以吸入了氧气，突然有了力气，它踢踏着后腿，试图要站起来。但是乔弟却用力把它的头按住，以便让比利用石碳酸油膏来拭净伤口。血止住了，手术很成功。空气中伴着轻轻的噗噗声均匀地吸进去，喷出来。

雨水夹带着夜风开始洒落在马厩的屋顶上嗒嗒作响。这时催人去吃早饭的铁三角便响了起来。"我在这里守着，你上去吃饭吧。"比利说道，"我们可千万别让这个洞口被堵死了。"

乔弟慢吞吞地走出了马厩。他垂头丧气的，不打算把昨夜马厩的门被风吹开，马驹跑掉的事告诉比利。他闯进灰蒙蒙、湿漉漉的晨光之中，踏着泥泞往家走去。他把一个个水洼中的泥水踩得四处飞溅，从中获取反常的快意。母亲拿干衣服让他换拿东西给她吃。她没有问他什么，好像知道即使问了他，他也不会回答的。当他准备回马厩去时，母亲端来了一盘热气腾腾的食物。她说道："把这些给它吃吧！"

乔弟没有伸手去接那盘子。他说："小马驹什么东西也不吃。"说完那些之后，就跑出屋去。在马厩里，比利教他如何把一个棉花球缠在一根棍子上，如果呼吸的洞被黏液糊住时，就去用这根木棍去把伤口揩干净。

父亲也走进马厩来，和他们一起站在马厩单间前。过了一好会儿，他转过身对孩子说："我打算赶车到山的那边去，你和我一起去那好不好？"

乔弟摇摇头拒绝。"你还是去吧，别整天呆在马厩里了。"父亲坚持说。

比利怒气冲冲地转过身来喊："别逼他，马驹是他的。难道不是吗?"

卡尔·蒂弗林被他的话刺伤了自尊心。他不再说任何话，就走开了。

乔弟整整一个早晨都让那个伤口张开着，以使空气进出畅通无阻。马驹到了中午时分，已经精疲力尽，便侧身躺了下来，把嘴鼻往前伸出。

比利回来了。"今晚如果你还要守着它，最好先去打个盹。"他说。于是乔弟精神不振地走出马厩。那时万里碧空无云，晴空一碧，鸟儿四处都在忙着啄食，爬到潮湿地面上的小虫。

乔弟走到灌木丛边，坐在长青苔的水桶上。他向下眺望破旧的棚屋、住宅和那棵黝黑的大柏树。那地方他是很熟悉的，可现在却起了变化。就在这时，一阵寒风从东方吹来，表明暂时不会再下雨。乔弟看到脚旁嫩草冒出的小芽，遍布了大地，在泉水旁的泥地上被踩出成百上千双脚印。

横木穆特从小道惴惴不安地穿过菜田。乔弟想起了刚才他扔泥块的事，便伸出手臂搂住狗的脖子，吻了吻它那只宽大的黑鼻子。横木穆特坐着一动不动，也似乎知道正在发生一件严重的事情。它的大尾巴郑重地拍打着地面。乔弟从横木穆特的脖子上捉出一只吃得胀大的扁虱，用两只大拇指的指甲把它挤死。这的确是够恶心的，之后他在冰冷的泉水中去洗了洗双手。

如果没有飕飕作响的风声，农场倒还是挺幽静的。乔弟知道即便不进屋去吃午饭，母亲也不会那么在意。过了一会儿他又慢吞吞走回马厩去。横木穆特径直爬进自己的小窝，独自在那里轻轻地哼了好一会儿。

比利·巴克从箱子上站起来，交给乔弟一根棉花棒。马驹此时依然侧身躺在那里，喉咙上的伤口一张一合反复地掀动。乔弟看看它身上的皮毛，此时已经干巴巴的没有一点光泽。他现在终于明白，马驹现在可能没有多大指望了。他过去在牛和狗的身上也看到过类似于这种枯暗的毛色，这是一种活不成的暗示。他闷闷不乐地坐在箱子旁，放下了马厩单间的栅栏，目不转睛地盯着开合的伤口看了好久，最后又打起盹来。很快下午就过去了。天黑之前，母亲给乔弟送来一大堆吃的，放在他跟前就离开了。乔弟尝了几口。到天黑下来，他特地把灯笼放在马驹头部附近的地上。那样他可以很清楚看清伤口，以防止它堵上。他一会儿又打起盹来，直到入夜寒风阵阵吹进来才把他冻醒过来。北方的冷气夹杂着风猛烈地刮了起来。乔弟从干草铺上扯过一条毯子包在身上。夏贝兰的呼吸现在可算平静下来，喉咙上的洞仅仅在微微掀动。几只猫头鹰飞过干草棚，尖声怪叫，在捕捉老鼠。乔弟把双手放在头下枕着就又睡着了。在睡梦中他感觉到风势变得更猛烈了，马厩的四周被风刮得呼呼作响。

当乔弟睡醒时，天已大亮。马厩的门是开着的，马驹又不知去向了。他猛地跳起身，走进晨曦中去寻找马驹。

马驹的足迹清晰可见。疲惫的足迹落在嫩草表面犹如霜一般的露水上似的，其间还歇留下蹄子拖过的一条条痕迹。足迹是指向半山腰的灌木丛的。乔弟跟踪追去，突然停了下来。这儿到处都有锋利的、戳出地面的白石英，在太阳照射下，发着闪光。在他跟踪这些清晰的痕迹时，在他前边突然一团黑影一掠而过。他抬头一探究竟，原来是在高空中盘旋一群黑色的秃鹰。它们缓缓盘旋，而且圈子高度越来越低。模样阴沉的这些大鸟没有多久在山岭中湮没。愤怒和惊恐促使他跑得更快了。最后足迹拐入树丛，乔弟沿着高高的艾丛中唯一弯弯曲曲的小径走去。

到了山岭顶峰时，乔弟已经呼吸急促了。他慢慢停下来，大口喘息，感觉耳朵轰轰作响，血在往上冒。他这时看到了他正要找寻的目标——那匹小红马此刻正躺在树丛里下边的一小片空地上。乔弟从老远就看到它的四条腿此刻在缓缓地抖动着，它的身旁被一圈秃鹰围着，正在等待它们熟悉的死神来临的时刻。

乔弟向前一跃，猛的冲下山去。潮湿的地面使他的脚步没有一点声响，而且树丛又挡住他的身影，可是等他赶到那里的时候，还是一切都完了。一只秃鹰蹲在夏贝兰头上，嘴巴刚刚抬起，嘴上沾着的黑眼珠的液汁正往下滴呢。乔弟像疯了一样，冲进圈子去，一群黑色的大小喽罗，像一大团乌云，霍地腾空飞起。蹲在马头上的大秃鹰因为迟了一步，刚想张开翅膀飞走，乔弟就一把抓住它的一只翅膀尖，使劲往下拉。那只秃鹰的个头几乎跟他一样大小，它那只没有被抓住的翅膀，像是一根棍棒猛击他的脸，但是他还是紧紧不放手。那秃鹰又用爪子抓住乔弟的腿，用翼肘从两边击打他的头，乔弟那只空着的手在四周胡乱地摸索，终于手指摸到那只奋力挣扎的鸟的脖子。一双血红的眼睛死死的盯着他的脸，显得无畏、镇静，却又十分凶猛，秃头在那里扭来扭去。扭了一会儿，鸟嘴突然张开，吐出一股恶臭难闻的液体。乔弟抬起膝盖狠狠地压住那只大鸟，其中一只手将秃鹰的脖子按在地上，另一只手则顺手捡起一块锋利的白石英。一下一下地打在鸟嘴的一边，一股污血便从它那坚韧的、扭歪的嘴角喷出来。他又打了几下，却没有打中。只见那一双无畏、血红的眼睛还盯着他看，是那样凶残、沉着和大胆。他又重重地打下去，终于秃鹰气绝身亡，此时鸟头已经打成了一团血肉模糊了，他却还在不停打那只死鸟。直到比利·巴克把他拖开，他才住手。比利将他紧紧搂在怀里，让他那颤抖的身子平静下来。

卡尔·蒂弗林拿出一条红色的印花手帕，轻轻揩去孩子脸上的血迹。乔弟这时镇定了下来，却变得软弱无力。父亲用脚尖将秃鹰踢开。"乔弟，"他解释说，"杀死马驹的真凶并不是秃鹰，难道你不知道吗？"

乔弟筋疲力尽地说："我知道的。"

比利·巴克此时却发了火。他抱起乔弟，正打算朝家里走去，听得这话马上转过身来对着卡尔·蒂弗林，"他当然知道。"比利怒气冲冲地吼道，"耶稣基督啊！你难道没有看到现在他有多么难过吗？"

第二篇　崇山峻岭

仲夏的午后，暑气腾腾。小男孩乔弟无精打采地向牧场的周围张望，打算要找点事儿干干。他去过马厩，也朝屋檐下的燕子窝扔过些石头，最后把一只只小泥窝砸得粉碎。窝里肮脏的羽毛和干草四处乱飞。他随后在牧场主住宅里装一只老鼠夹子，并且用走了味的乳酪做诱饵，最后放在那头善良的大狗横木穆特会被夹子夹到鼻子的地方。乔弟的这种做法，他的确是出于冲动与残忍，也实在是因为长日炎炎，使他感觉十分无聊。横木穆特愚蠢地把鼻子伸了进去，拍的一下，很痛地挨了一家伙，痛得汪汪大叫，鼻子流血并子一瘸一拐地跑掉了。横木穆特有个习惯不论伤在哪里，都会一瘸一拐，这是它长年来的习惯。它年轻时，也曾经让一只郊狼夹子夹过，打那以后，就算挨了骂，它也会一瘸一拐地走开的。

　　听见横木穆特在汪汪大叫，母亲从屋里喊道："不要再去折磨那条狗了，乔弟，马上找一点正经事做做吧！"

　　这下把乔弟弄得怪不好意思的，就随手朝横木穆特扔了一块小石头，他随手在门廊上取出他的弹弓，一步一步地往树丛走去，他想打死一只小鸟。这是一把非常好的弹弓，上面还有店里买来的胶皮带。乔弟以前也常常打鸟，可是从来却没有打着过。他径直穿过菜园子，一边走，一边用光脚丫子去踢尘土。他在路上还找到了一颗十分理想的弹弓石，稍稍有点扁，圆滚滚的，重得可以抛到半空中去。他就把它放进装弹药的那个皮袋里，又向树丛走去。他眯起双眼，使劲地动着嘴巴。他这天下午第一次如此集中注意力，看到很多小鸟在灌木丛的阴影中飞个不停：一会儿在这一大堆树叶中东搔西爬，一会儿又一阵躁动的飞去那几英尺外远的地方，然后又回来再东搔西爬。乔弟顺手把胶皮带往后一拉，轻轻地走过去。一只小鸫鸟也停下来，仿佛看到他就身子一缩，正准备飞走。乔弟侧身慢慢走近它。他一步比一步慢，离开小鸟二十来步远，才小心翼翼拉弓瞄准。石子飕的一声便打去，此时鸫鸟刚好飞起，被打个正着。那只小鸟便头破血流跌下地来。乔弟跑过去把它捡了起来。

　　"呵呵，我可算打着你了。"

　　那只死鸟，现在看上去比活着时小多了。乔弟顿时觉得有点恶心，便掏出小刀去割下了小鸟头，之后又把它开膛剖肚，之后还割下了它两只翅膀，最后他把碎尸随手扔到树丛里去。他对小鸟或是它的生命向来是毫不怜惜，不过他也知道，上了年纪的人一旦见到他杀死鸟，就会不停地说些什么。他们那些语重心长的话语，总会使乔弟感到很惭愧。他决定尽快忘掉这一切，以后永远不再提起这事。

　　这一季节，山上的空气十分干燥，野草也干成了金黄的颜色。但是在那些圆桶溢水和水管灌满圆桶的地方，却也绵亘着一片细密的绿草，芳香、浓郁而湿润。乔弟趴在长着青苔的圆桶边喝了几口水，然后在冰凉的泉水中好好地洗净手上的鸟血。之后他仰卧在那些花草丛中，盯着一团团胖鼓鼓的夏云。他故意闭上一只眼睛，发现看出去的东西距离好像拉近了，一团团白云好像飘到了他的手边。他仿佛可以伸手去摸摸它们，还可以帮助微风把它们从那天空推下来。他仿佛认为，这一切就是因为有了他的帮助，它们才可以飞得那么快。其中一朵胖鼓鼓的白云，还在他帮助下越过了大山的边缘呢。他又用力把它挤过去，把它挤得无影无踪。乔弟很想去知道，白云这时候看到了什么。他坐起身来，以便可以好好看看那些往后伸展开去、重重叠叠的大山。它们越往后伸展就越显得暗淡模糊，越狰狞威猛。大山尽头还有一条参差不齐的山岭，一直插西边的天空。这些崇山峻岭神秘莫测，奇妙难言。他在回想有关于它们的那些点滴知识。

他有一次问父亲："那边是什么？"

"我认为吧，就是一座座连着的山呗，怎么了？"

"那一座座连着的山的后边是什么呢？"

"应该也是一座座的山呀，你怎么了？"

"那再过去，再过去，也都是一座座山吗？"

"啊，不是，最后应该是海洋啦。"

"在那一座座山里到底有些什么呢？"

"无非就是丛林、峭壁、岩石和些干土吧！"

"你曾经到过那里吗？"

"没有。"

"那有人曾经到那里去过吗？"

"我认为，应该有一些人到过那里。有峭壁什么的。很危险！额，我以前从书上读到，蒙特里县的崇山峻岭里没有被勘探过的地方记录，甚至比美国任何其他地方都多很多！"父亲似乎觉得理应如此就感到非常自豪。

"最后一定就是海洋，对吗？"

"最后肯定就是海洋！"

孩子一个劲问下去，"但是，在这中间呢？难道都没有人知道吗？"

"噢，我认为，总会有一些人知道吧。可是那里的确没有什么可取的东西，连水都不多，只有峭壁、岩石和肉叶刺茎藜。你究竟怎么了？"

"呵呵，能去就好了！"

"那儿什么也没有。去干什么？"

乔弟明白，那里会有一种东西，一种人们还不了解的非常奇怪、非常神秘、非常奥妙的东西。他心底里感觉到事情肯定就是这样。他对母亲说："妈妈，你知道大山里都有些什么东西吗？"

她又回头看看他，看看狰狞的山脉，说道："我想，应该只有那头熊吧！"

"是什么熊呀？"

"曾经一个打算爬过山去看看的人，他所能看到的好像就是那头熊啦。"

乔弟又去问牧场工人比利·巴克，想知道会不会有一些比如古老的城市会湮没在那群山中。比利的意见和乔弟的父亲是出奇的一致的。

比利说，"不像会有什么吧！那儿应该没有可以吃的东西，除非有一种吃石头的人才可以住在那里。"

这就是乔弟目前能得到的全部情况，这使他突然觉得那些大山既可怕又可爱。他经常想起一座接一座、绵亘数里的山岭，直到那最后的海洋。当群山山峰被早晨的太阳映红时，它们便邀请他到它们的当中去，但是当傍晚的太阳移到山颠边缘的时候，群山笼罩在令人绝望的紫色当中，乔弟开始觉得它们实在太可怕了。它们这时是那样拒人千里，不近人情，以致过分沉着变成一种威胁。

他这时扭头朝东边的戛贝兰山脉望去时，那是一些令人感觉愉快的山。在它们的峰顶上有许多松树，在它们的皱褶处还有山头牧场。曾经有人们在这儿生活过，也曾经在山坡上和墨西哥人有过战争。他在这一瞬间回头再看一眼那些大山的时候，相比之下，使他变得微微战栗。下边是他家山脚下的那片杯形牧场，那种阳光灿烂，看着就叫人心里踏实。那所住宅正闪着白色的光芒，而且马厩是棕色的，给人很温暖的感觉。一群红色的牛这时正在远处的小山上吃草，一边缓缓地向北移动，一边吃。甚至连棚屋旁那棵黑沉沉的柏树，还依然是老样子，给人有一种踏实的感觉。那些鸭子还在广场上尘土里笨拙踱步。

这时一个移动的身影吸引住了乔弟的视线。一个中老年男人从通向萨利纳西的大路上慢慢地越过山顶，朝住宅走来。乔弟起身走下山来，向住宅走去。他也想在那儿去看看那个人。他走到住宅前，那个步行而来的人此刻刚走到半山腰。这是一个双肩削平，很瘦的人。乔弟根据他后跟着地时那种剧烈颤抖的步态判断，知道他应该是一个上了岁数的人。等他走得更近些时，乔弟注意到他穿的是蓝色的斜纹布工装裤和相同料子的上装。他脚上穿的也是农民的鞋子，头上戴的也是一顶斯特森平边旧帽，肩上还背着一个鼓鼓囊囊、东凹西凸的麻袋。过了不久，他步履艰难地走得更近了，可以看清他的长相了。他的脸色黑得像被晒干了的牛肉，那挂在嘴上的胡子，在黑皮肤映衬下变得白里带蓝，披在脖子上的头发也全是白色的。脸上皮包骨头，看不到一点肉，轮廓分明。这样下巴和鼻子就显得十分单薄、尖削。一双凹陷漆黑的大眼睛，把眼皮紧紧裹住。眼帘和瞳孔根本无法分清，一样乌黑乌黑的，但是眼球倒还是褐色的。他的脸上没有一丁点皱纹。这个老人像所有那些不穿衬衫的人一样，将斜纹蓝布上装的铜钮扣，一直扣到喉咙口那里。袖子里露出的枯瘦双腕，但是显得十分有力；一对像桃树桠枝一样盘根错节的粗硬的手，指甲被磨得平平的，但是闪着亮光。

这位老人慢慢地走近大门，在乔弟的面前放下了麻袋。他的两片嘴唇还微微颤动，吐出了一个沉静、柔和的声音：

"你就住在这里？"

乔弟有点发窘。他转身又看看住宅，之后又转过来看看马厩，比利和父亲正在那里，看到这两处都没有人前来帮忙，他就说了声："是的。"

老人说，"我回来啦。我就住在这里，我是吉坦诺，我终于回来啦。"

乔弟怕自己担不起接待的全部责任。突然他转身奔进住宅去求援，纱门砰的一声在他身后被关上。母亲正在厨房里一边咬着下嘴唇，一边聚精会神地用发夹去通漏锅上被食物糊住的孔。

"那边有一个老人，"乔弟非常激动地说，"有一个派山诺说一直在那讲他回来了。"

母亲放下漏锅，顺手把发夹插在洗碗板后面。她平静地问道："什么事呀？"

"你出去看看！外边来了一个老人。"

"哦，他来这里干什么？"母亲一边解下围裙的带子，一边用手指掠了掠头发。

"他是步行来这的，我不知道。"

母亲先把衣服理理平，然后才走出去，乔弟紧跟在她后边。吉坦诺好像没有动过窝。

蒂弗林太太问道："喂，你是谁？"

吉坦诺摘下黑帽子，并双手捧在胸前，他又说了一遍刚才的话："我叫吉坦诺，我回来啦。"

"你？回来？回到哪儿？你究竟是谁？"

吉坦诺直挺挺的身子又向前微微地弯了一下。他先用右手划了一个圈，又把周围的小山、崇山峻岭和斜坡上的田野都圈了进来，然后把手搭在帽沿上，继续说道："我回到牧场来，我出生在这里，而且我父亲也在这里出生。"

"这里？"她盘问道，"这里并不是一个很古老的地方啊！"

"不，确切是那里，"他又指着西边的山岭，说道，"那边过去曾经有过一所房子，只不过现在已经没了。"

她终于明白了，说："你应该是说那所几乎被水冲光了的老房子吗？"

"申诺拉，是的，那个兰错破产之后，他们就不再给房子上石灰，直到雨水把它冲倒了。"

乔弟的母亲沉默了好半天，突然心头涌起一阵不知从何而起的浓烈乡思，但是她很快就摆脱了这个念头。"现在你到这儿来，吉坦诺，要干什么？"

他平静地说，"我想呆在这里。一直呆到我死为止。"

"但是我们这里目前不需要更多的人手。"

"申诺拉，我也干不了重活，我可以喂喂鸭子，挤挤牛奶，劈劈柴，就这些，更多的活我可就做不了啦。我一定要呆在这里。"他又指指身旁地上的麻袋，"这些是我的东西。"

她转过身对乔弟说："马上到下面马厩去，叫你父亲过来。"

乔弟跑开去。卡尔·蒂弗林和他一起回来，比利·巴克也紧跟在后边。老人还像先前那样站在那里，但是他这时是在休息，全身松弛，还摆出一副在这永远休息下去的架势。

卡尔·蒂弗林问道，"什么事？为什么乔弟这么激动呀？"

蒂弗林太太指了指那个老人说道："他要永远呆在这里，他呆在这里，要干一点活。"

"哦，但是我们不能留他，我们现在不需要更多的人手。更何况他也太老了。比利一个人就能干完我们要做的。"

他们刚才这般议论，就跟他不在跟前一样。这时他们两个人突然停住，觉得很窘，看着吉坦诺。

他清清喉咙，继续说道："提到干活，我是太老了，但是我这是回到我的出生地来。"

卡尔尖刻地说道："你并不是在这里出生的。"

"不，但我出生在山后边的以前的那所泥房子里，在你们来这儿之前，那才是惟一的兰错。"

"你是在那所完全坍塌的泥房子里出生吗？"

"是的，我和我父亲都在那里出生。我现在要呆在这个兰错里。"

"我再告诉，你真的不能呆在这里。"卡尔怒冲冲地喊，"我们不需要一个老人，这里并不是一个很大的牧场。我们供不起一个老人的医药费和饭钱。你总有些朋友和亲戚喽，你到他们那里去寄宿吧。住在陌生人那里，就像讨饭似的。"

"我就是在这里出生的。"吉坦诺虽然忍气吞声，却又很固执地说。

卡尔·蒂弗林并非天生就是一副铁石心肠，但他认为不得不如此。"今晚你可以在这里吃饭，"他说，"你也可以去旧棚屋一个小间里过一夜，我们到早上给你吃早饭，但是随后你一定要离开，马上到你的朋友那儿去。不要死在陌生人的地方上。"

吉坦诺一边戴上黑帽子，一边弯下身子去提那口麻袋。"这些是我的东西。"他又说道。

卡尔一边叮嘱一边转身走开说："比利，来吧，我们继续把马厩里的活继续干完。乔弟，你领他到棚屋的小间去。"

比利和他转身回到马厩去。蒂弗林太太一边回过头来，一边走进屋去说："我之后会送几条毯子过来。"

吉坦诺用询问的目光看着乔弟。乔弟说道："我领你到那里去吧！"

棚屋的小间里只有一张带奢糠垫子的小床，以及一只放着一把没有靠背的摇椅和一盏铁皮灯的苹果箱。吉坦诺小心地把他那只麻袋轻轻放在地上，然后又往床上一坐。乔弟羞怯地站在小间里，想走又不走。最后问：

"你真的是从那些大山里来的吗？"

吉坦诺缓缓地摇了摇头。"不，我曾经在萨利纳西盆地那边做工。"

那天下午产生的那些念头一直在乔弟的脑海里萦绕。"那边的大山，你曾经进去过吗？"

那双漆黑的老眼眼神内视，渐渐发呆，且凝注在那些依然还活跃在吉坦诺脑海中的那些往事。

乔弟走回住宅去时，他心里很清楚，有一件事，甚至比对过去任何事情都更要清楚些，那就是他那把轻剑，他一定守口如瓶。如果向任何人提起那把剑，都将会是一件非常可怕的事情。如果那样的话，忠诚的某种脆弱结构便会遭到破坏，因为一旦与人分享，忠诚便不再存在了。

在穿过黑暗院子的小路上，乔弟碰到了比利·巴克。比利说道："他们正打算问你到哪里去了呢？"

乔弟一溜跑进起居室，父亲马上就转过身来，说道："你刚才在什么地方？"

"我刚才是去看看新放的那个夹子有没有捉到那些老鼠。"

父亲说道："现在到你睡觉的时候啦。"

第二天早晨，乔弟第一个坐上饭桌。之后进来的是父亲，最后一个是比利·巴克。蒂弗林太太还在厨房口朝里不停张望。

"比利，那位老人在哪里呀？"她急切问道。

比利说道："我认为他是去散步了。我刚才看过他的房间，但是他不在那里。"

"他可能一大早就动身到蒙特里那去了吧？"卡尔试探着说道，"路非常远呢。"

"应该不会。"比利解释说，"因为他的麻袋还放在小间里。"

在吃过早饭之后，乔弟到棚屋那里去了。一群苍蝇在阳光下面来回飞来飞去。这天早晨，牧场仿佛特别宁静。乔弟在确定之后认为没有人看到，就走进了那个小间。他向吉坦诺那个麻袋看了看，里边除了两条特大号替换的斜纹布工装裤，两件替换的特大号长棉纱衬衣和三双破袜子外，再也没有其他东西了。乔弟这时感到非常孤独，他慢吞吞地向家走去。父亲此刻正站在门廊上和蒂弗林太太讲话。

　　"我认为老伊斯特终于死了。"他说，"因为我没有看到它刚才跟别的马一起下来去喝水。"

　　上午过了一半，杰斯·泰勒便骑着马从山顶牧场下来。

　　"卡尔，你到底有没有把你那头羸瘦的老灰马卖掉呢？"

　　"没有，当然没有，怎么了？"

　　"哦，"杰斯说，"我今天早晨一早出去，还看到一件很有趣的事：一个老人骑一匹老马，但是没有鞍子，只有一条绳子做马勒。他不仅没有走大路，直接穿树丛而去。我还看到他还有一枝枪呢，我至少看见他手里有一样东西闪闪发光。"

　　"那位先生是老吉坦诺。"卡尔·蒂弗林说，"我刚要去看看我的枪有没有少了一枝呢。"他走进屋里去又转了一转，"不是吧，全都在那里。杰斯，他朝哪个方向走的？"

　　"呵呵，真有趣，他还一直走回山里去呢。"

　　卡尔哈哈大笑。"他们就是再老也不至于偷不动那些东西的。"他说道，"我猜他只是偷走了老伊斯特。"

　　"卡尔，打算去追他吗？"

　　"用不着，见鬼。这倒省得我们去埋葬那匹马了。我不懂为什么，他到底从哪里弄到一枝枪的，我也搞不懂他回到那里去做什么。"

　　乔弟径直穿过蔬菜地，朝树丛走去。他仔细寻找那些高耸的大山，连绵不断，山岭一道接一道。最后应该是海洋了吧。有好一会儿，他认为自己看见了一个小黑点爬上了最远的那个山岭。乔弟想起了那把剑，他想念吉坦诺，也十分想念那些遥远的崇山峻岭。他感到自己对那老人有一种特殊感觉的依恋。这种依恋是那么的强烈，他真打算大哭一场，把它从胸膛里全哭出来。他正躺在树丛旁圆桶附近的那一片芳草地上，交叉双臂挡住眼睛，在那里躺了好半天，心里充满了说不出的那些忧愁。

第三篇　群众的首领

　　在星期六下午，牧场工人比利·巴克便把去年干草堆上那些剩下的那些草料耙拢来，再一小叉一小叉地抛过铁丝围栏去，扔给几头想吃点东西的那些牲口。高空中有一小朵一小朵的云彩，就像大炮喷出的那些一团团硝烟，并在三月春风驱赶下向东飘去。山巅的树丛中还可以隐约听得飒飒的风声，但是却没有一丝微风吹入牧场的杯形凹地。

一会儿，小男孩乔弟从屋子里钻了出来，嘴角还叼着厚厚一片涂满了黄油的面包。他看见比利正在拾掇干草堆的草料，于是就拖着鞋皮径直走过来。他这样拖着鞋皮，其实人家早就给他讲过，那么是会把一双好端端的鞋子给拖坏的。当乔弟路过黑沉沉的柏树时，树上的几群白鸽哗的一声全飞了出来，再绕着柏树飞了一圈，然后又落下来，一只没有长大的花狸猫从棚屋的门廊猛跳下来，四腿全直挺挺地跑过大路，转了一大圈，于是又跑了回来。乔弟捡起一块小石头，本打算要继续这场赛跑，但他却迟了一步，石头还没扔出去，那只小狸猫就已经停在门廊上了。他随手把石头朝柏树丢去，吓得树上那些白鸽又绕树飞了一大圈。

那孩子来到用完了的干草堆前，随意地靠在有刺的铁丝围栏旁。"你以为全都在这里了吗?"他问道。

牧场工人顺手放下耙草工作，又把他的叉子插在地上，一手摘下头上的黑帽子，一手将平他的头发。"没被地气浸湿的，应该再也没有了。"他说着，就又戴上帽子，还搓了搓生皮革一样的那双干巴巴的双手。

"一定有许多老鼠吧。"乔弟提了一句说。

"很多呢，"比利说，"多得简直都快满地乱爬啦。"

"哦，可能吧，当你收拾干净了，那样我就可以叫那只狗来这里捉老鼠了。"

"当然，我想你可以把它叫来。"比利·巴克回答，然后又叉起满满一叉贴着地面那里的湿草，向空中抛去。三只老鼠马上跳了出来，发疯似的又钻进干草堆里去。

乔弟心满意足地吸了一口气。那些油光水滑、肥肥胖胖、过于自信的老鼠，看来这次是在劫难逃了。这八个月来，它们肆意地在干草堆里繁殖、生长。猫呀，毒药呀，老鼠夹子呀，甚至连乔弟都奈何它们不了。它们那时既没有生命危险，还能大量繁殖，全都养肥长胖，于是便开心起来。它们现在遭殃的日子已经悄然来到，它们不会再在这多活上一天了。

比利仰望着那些环绕牧场周围的山巅，说道：“我认为，你最好先去问问你父亲再去做吧！”他提醒乔弟说。

“好的，他现在在哪里？我马上就去问问他。”

“他吃过中饭之后，就骑马到山岭牧场去了。他应该很快就会回来的。”

乔弟靠着围栏的柱子开始往下滑。“我认为，他不会在意的。”

比利继续工作。他提醒说：“不论怎么样，你最好都还是问问他，你是清楚他的为人的。”

乔弟心里明白。他父亲卡尔·蒂弗林一贯认为，但凡是牧场里的事，不论重要与否，全都要得到他的许可。乔弟还挨着柱子继续往下坠，末了就一屁股坐到地上。他抬头望望那一团团让风驱赶着的小云朵。“比利，像是要下雨？”

“很有可能。这风是会催雨来的，不过现在风还不够大。”

“就在我干掉那些该死的老鼠之前，我希望老天爷千万别下雨。”他回过头又看看比利是否会注意到他那种不三不四、咒神骂鬼的话。可是比利依然还在那继续工作，并没有表示任何意见。

乔弟转身向一个山坡看去，那边有一条与外界相通的大道，向这边倾斜下来。三月微弱的阳光洒落在那座山上。蓝羽扇豆、银蓟和罂粟，现在都在灌木丛中盛开。乔弟还看到横木穆特，这条黑狗此刻正在半山腰挖一只松鼠洞呢。它拍打一小会儿，就停下来。再把后腿间一堆泥土踢开去。它以前就知道，从来没有哪一条狗会靠挖洞捉到松鼠的。但它仍然起劲地在那挖，也不怕那份劲头最终落了空。

乔弟看到那条黑狗突然挺起了身子，还从洞里退了出来，抬头看看山上有一条大路穿过的豁口。乔弟也抬头望去。不一小会儿，骑在马上的卡尔·蒂弗林就出现在了苍白的天幕下，然后朝着住宅的那条大道走下去，而且手里拿着一样白色的东西。

孩子倏地一下站起身来。乔弟喊道：“他接到一封信。”便一溜小跑向牧场主住宅跑去。因为没准这封信会被父亲会当众宣读，他想在场听一听。他比父亲先到，刚一跑进屋，就听见卡尔开始从嘎吱嘎吱作响的马鞍上下来，他还在那匹马的肚子上轻轻拍了一下，让它先回到马厩去。到了那里，比利会先给它卸下马鞍，再放它出去的。

乔弟一边走进厨房一边大声喊道："妈妈，我们接到一封信。"

母亲端着一只盛着豆子的平锅，微微抬起头来看他，说："在谁那里呀？"

"信在爸爸那里呢。我刚才看见他拿着的。"

这时卡尔大踏步走进厨房里。乔弟的母亲问道："卡尔，到底是谁来的信呀？"

卡尔顿时皱起眉头问："你怎么会知道有一封信呢？"

她向乔弟那边点了点头，说道："还不是多嘴的乔弟刚才告诉我的。"

乔弟顿时有点不知所措。

父亲轻蔑地看了他一眼。"他都快要成为一个多嘴老婆婆了。"卡尔说，"他一向只留心别人的事，却不多留心自己的事。他无论什么事都想去打听。"

蒂弗林太太动了一点怜惜之心。"他是闲得发慌，得啦，到底是谁来的信呀？"

卡尔依旧皱起眉头在那看着乔弟。"他要是再不注意，我会叫他马上有事情干的。"他便拿出一封封了口的信说，"我认为，这是你父亲寄来的。"

蒂弗林太太从头上取下一只发夹，拆开信封口。她的嘴唇随着读信而收缩起来。乔弟看见她的一双眼睛的眼神全在信纸的一行行字上闪来闪去。之后她说："他说他计划在星期六赶车来这住一个短时期。可是，今天就是星期六呀，这封信一定是被耽误了。"她看了一眼邮戳，"这封信应该是前天寄出的，本应该是昨天就到这里来的。"她抬起眼睛疑心地看了丈夫一眼，随后生气的脸就沉静了下来。"你为什么要做出这副样子？而且他并不是经常来的呀！"

卡尔目光移开，以躲避她的怒气。在绝大多数情况下，他尽可以对她非常不客气，但偶尔碰到她大发脾气时，他就无力招架了。

她再一次追问道："你到底是怎么一回事？"

"也只是为了些他说的话啦。"卡尔不成其理由地慌乱说，"只是为了他以前说的那些话。"在他的辩解过程中，他有一种与乔弟的身份相适合的认错意味。

"哦，那又有什么呢？你自己也说过的呀！"

"当然我也说过，你父亲不过说来说去就是这一件事情。"

"什么印第安人？"乔弟激动地插嘴问，"穿越大平原和印第安人。"

卡尔恶狠狠地转盯着他说："多嘴婆，你滚出去，快出去，马上给我快点滚出去！"

乔弟可怜巴巴地从后门走出去，他尽可能的不弄出一点响声。在厨房的窗户下，他那双受了没精打采、委屈的眼睛，突然落在一块形状奇怪的石头上。那块石头是那么的吸引人，使他不由自主蹲下身去，捡起来放在手中仔细地翻来翻去。

说话的声音穿过厨房那扇敞开的窗户，清晰地传送到他的耳朵里。"乔弟说得很对，"他听见他的父亲在那说道，"光说些穿越大平原和印第安人的事。还有关于那个有关怎样偷马的故事，我至少都听过将近一千遍了。可是他还是在那说了又说，一直说起来，还连字都从来不去换一个。"

蒂弗林太太回答的语气全变了，弄得在窗外不停摆弄石头的乔弟，都抬起头来看。她的声音一向很温柔，很善于去解释问题。乔弟明白，她肯定会改变她的脸部表情，来配合这一声调的。她心平气和地对他说："这些是我父亲一生中的那些大事情，卡尔，你可以就这么看好啦。他曾经率领了一列四轮车队，成功穿越了大平原去到海滨。这件事结束之后，他的一生就结束了。这是一件大事情，明白啦！虽然只是没有干到头。"她继续说道，"他好像生下来就是为了做这件事，在做完之后，他就再也没有其他的事可做了。要做的，只是讲述它和怀念它。如果当时能往西走得更远，那他肯定早已去了。他以前曾经亲口对我这么说过。不过走到最后却是大海，所以他只好在那个海滨居住下了。"

她已经俘虏了卡尔。她把他的心思捉住，将其囚禁在她那柔和的声调之中。

"我以前曾经看到他，"他也平心静气地附和说道，"往下走去，隔海向西望。"他的口气变得有一些尖刻了，"之后他又走上'太平洋丛林'里的那个蹄铁俱乐部，对别人讲述印第安人是怎样去偷马的。"

她想再次把他俘虏过来。"是呀，那可是他的全部家当呀，你可以对他耐心点嘛，假装去听他说就好啦。"

卡尔有些不耐烦地转过身去。"好吧，但是闹得太不像话的情况下，我可会随时都可以到棚屋那儿去往，并且和比利一道坐坐。"他有些烦躁地说。说完就穿过那间屋子，并把身后的那扇前门砰的一声就关上了。

乔弟又跑去干他的零碎活了。他去把饲料倒给了那些小鸭子吃，这次而且连一只小鸭子都没有去追逐。他把鸭子窝里的鸭蛋全都捡拢来，还一溜小跑地抱着木柴奔进屋里去，认认真真把木柴交叉堆叠起来。看来这回只要抱两次就可以把柴箱装得满的溢出来了。

母亲这已经把豆子煮熟。她把火灭掉，并且还用鸭毛帚扫净了炉顶。乔弟留神望了她一眼，看看是不是她还对他余怒未消。乔弟问道："他今天就会来吗？"

"他信上是这么写的。"

"建议还是由我到路上去接接他的好吗。"

蒂弗林太太当啷一声就把炉盖关上。"那当然很好呀，"她说，"他肯定是喜欢有人去迎接他的。"

"我认为，我这就去出发吧！"

到了外边，乔弟对那两条狗大声吹了声口哨，他命令道："来，咱们现在上山去！"

那两条狗摇晃着尾巴，跑到前头去了。路旁的艾草丛已经抽出嫩芽。乔弟随手扯下一些，放在手上使劲揉搓，使得周围空气充满了这种野生植物的那股刺鼻气味。那两条狗突然猛地从大路上跳开去，汪汪地吠叫着钻进树丛里去追逐兔子去了。在这以后乔弟就没有再看到它们。它们并没捉到兔子，就径直跑回家去了。

乔弟拖着沉重的步伐朝山巅爬去，当他到达有一条大路穿过的豁口时，午后的山风正刮在他身上，并吹起了他的头发，还掀动他的衬衫。他看看下边那些山岭和小山，之后又向外看看翠绿、宽阔的萨利纳西盆地。他可以望见遥远平原上萨利纳西的那座白色市镇，还有镇上窗户在落日余晖下的那些闪闪光辉。就在他下边的那棵橡树上，一群乌鸦此刻正在开会。这群齐声乱叫的乌鸦便把这棵树给遮得一片漆黑。

乔弟的眼睛这时向一条通四轮车的大路望过去。这条路就在他所站的那个山岭不断伸展开去，之后又消失在这座山的后边，然后又从山的另一侧爬出来。在那极目可看的远处，他看见了一匹栗色马正拉着一辆车子缓缓驶来。车子到了山后就马上不见了。乔弟坐在地上，双目注视着车子将要重新出现的那个地方。风此刻在山顶上歌唱，一团团蘑菇云往东飞驰。

那辆车子此刻又出现了，而且还停了下来。于是一个身穿黑衣的人从车座上走下来，朝马头的方向走去。离得虽然那么远，可是乔弟还是已经知道他已经解开了制缰，因为这时马头已经向前垂下。那匹马还在继续走，那个人则从它的旁边缓缓走上山来。乔弟高兴地喊了一声，向他们奔下去。一群松鼠顺着大路慌忙离开，一只槲鸡掀动尾巴，奔到山边，像一架架滑翔机似的飞走了。

每当乔弟跨一步，都想像跳进自己的影子里去。因为他脚下一块石头滚动，他被绊倒了。当他跑过一个小拐弯处，看见外祖父和那辆车子都在前方不远的地方，那孩子就不再那样子不礼貌地奔跑了，而是改用一种庄重而严肃的步伐迎上前去。

那匹马一颠一跛很艰难地向山上爬去，老人则在它的一旁徒步走着。在那西沉的夕阳下，他们俩巨大的影子，黑魆魆地在身后不断晃动。外祖父那天穿着一套宽幅黑呢服装，脚上还穿上了一双有宽紧带、野羔皮的靴子，狭窄的硬领上还系着一条黑色的新领带。他还把他那顶黑色的垂边帽随意拿在手里。他的白胡子被修得很短，垂在眼睛上边的那两撇眉毛，特别像是两撮小胡子。那双蓝色的眼睛愉快而严峻。他的整个体形和脸容，有一种花岗石似的严肃的神态。所以他的每一个一举手，一投足，看来好像都是不可能的事。如果安静下来，老人就像是一尊石像，好像再也不会活动起来了。他的步履坚定而缓慢，一旦迈出去，就绝不会缩回；一旦朝一个方向走，就不会再转弯，而且速度既不会加快，也不肯减慢。

当乔弟出现在拐弯处，外祖父高兴的慢吞吞地挥舞着帽子表示欢迎。他喊道：“乔弟，嗳，你是特地下来迎接我的吧，对吗?”

乔弟侧着身子郑重走过去，然后才慢慢转过身来，应合着那位老人的步伐，挺直了身躯，但是脚后跟有点儿拖地。“外祖父，是的。”他说道，“不好意思！我们今天才接到您的信。”

"应该昨天就到了的呀。"外祖父说道,"理论应该是这样。你们家里的人都还好吗?"

"先生,他们都很好。"他迟疑了一会儿,还是羞怯地提了出来,"明天我想猎老鼠,你有兴趣和我一起参加吗?"

"乔弟,猎老鼠?"外祖父吃吃地大笑起来,"你们这一代人已经堕落到打猎老鼠的地步了吗?你们这新的一代,是不怎么强壮,但是我真没料到老鼠竟会成为他们现在的猎物。"

"外祖父,不是的,那只是玩玩的。干草堆马上用完了,我要把老鼠全都赶出来,好让狗去捉住它们。你可以去一旁看看,也可以去打打干草,或者哄哄老鼠。"

这双愉快而又严峻的眼睛向他瞟了瞟。"我懂了,你们并不打算要吃老鼠,你们还没有落到这步田地!"

乔弟解释说:"那些狗要吃老鼠,外祖父。我认为,这可不太像去追捕那些印第安人。"

"不,不太像……不过到了后来,军队便去追逐那些印第安人,还枪杀小孩,甚至烧毁他们圆锥形帐篷,也就跟你们猎老鼠的意义没太多差别了。"

他们登上了坡顶,然后向下走进牧场杯形凹地,那个时候阳光已在他们背后消失了。外祖父说:"你长高了,我认为大约长了一英寸左右吧。"

"呵呵,还不止这些呢,"乔弟夸口说,"他们还在门上给我做记号了,从感恩节算起来,我长了可不止一英寸呢。"

"你可能水份吸收得太多了,转到茎里和心里去,到了结球的时候,我们就可以看出来结果了。"外祖父用十分浓重的喉音说道。

乔弟看看老人的脸色,看他是不是对自己生气。可是在那双犀利眼神的蓝眼睛里,却没有看到伤害人的意思,也投有制服人和责备人的神气。

"我们可以去杀一头猪的。"

"噢,不行。我可不许你们那么做,你这些只不过是讨我的喜欢罢了。你应该也知道,这还不是时候。"

"外祖父,你了解黎雷那头公猪吗?"

"对的,我记得很清楚,黎雷。"

"啊，黎雷在干草堆上啃了一个洞之后，又钻了进去。干草堆便坍了下来，一旦压在它身上，会把它给闷死了。"

外祖父说："猪只要一有机会，它就会这么干的。"

"外祖父，就拿一头公猪来说，黎雷已经算是一头好猪了。有时我骑在它身上，它也不会在意的。"

他们下边的住宅响起了一下关门声。他们看见乔弟的母亲此刻站在门廊上，挥着围裙表示热烈欢迎。他们还看见卡尔·蒂弗林此刻正从马厩那里走过来，准备在家里迎候。

太阳已经消失在群山背后。屋顶上烟囱升起的那些蓝色炊烟，一层又一层地悬在那慢慢变成紫红色，在牧场杯形凹地上空飘荡。风势虽然有些减弱，却还是把那一团团的蘑菇云吹落了下来，让它们有气无力地悬挂在半空中。

比利·巴克从棚屋里走出来，并把一脸盆用过肥皂的脏水泼在了地上。他为了表示很尊重外祖父，虽然现在不到一个星期便又刮起脸来。外祖父也承认在新的一代当中，比利是一个未曾变弱的少数人中的很好的一个。比利虽然已到中年，但是外祖父却还把他当成当年的那个孩子似的。比利这时也匆匆忙忙向住宅跑来。

当外祖父和乔弟到达时，那其他三个人正在院门前边等候我们到达。

卡尔说："先生，哈罗，我们全都正在恭候您呢！"

蒂弗林太太先是在外祖父的胡子旁边亲了一亲。外祖父用他的大手又拍了拍她的肩膀，她站在那里一动也不动一下。比利很正经地和他握了握手，咧开淡黄色胡子下边的嘴笑了笑说。"让我来照顾你的马吧！"比利说着，便把马车带走了。

外祖父先是目送着他走开去，然后转过身来又对着大家，说了一段他先前已经说过至少一百遍的话："他真是个好孩子，我认识他的父亲，老骡子尾巴巴克，但是我只知道他给骡子装驮，却不知道他们怎么会给他起了个骡子尾巴的绰号的原因。"

蒂弗林太太在前头带路将我们引进住宅去。"爸爸，您打算住多久？你信上可没有写呀！"

"哦，我不知道，我打算要呆两个星期左右。不过我向来住不到我想住的那么久的时间的。”

不一小会儿，他们都坐到了那张铺着白油布的桌子旁边吃晚饭了。桌子上边还悬挂着一盏有马口铁反光罩的大灯。吃饭中间的窗户外边，有一些大飞蛾在不停的轻轻地往玻璃上撞。

外祖父先把他的那份肉排切成一小块一小块的，然后慢慢地咀嚼。“我已经饿了，”他说道，“当我赶车到这里的时候，一路上的劳累可使我的胃口好起来很多了。这就像我们穿越大平原的时候是一样的，我们每天晚上都饿得不等肉烧熟就抢着吃了。每天晚上我可以吃它五磅左右水牛肉呢。”

“这应该是到处活动导致的结果。”比利说道，“我的父亲以前是政府的装驮工，当我还是个孩子的时候，就开始当他的助手。单单我们两个就可以一次吃掉一整只鹿腿。”

“比利，我认识你的父亲，”外祖父高兴地说，“他是一个很好的人，但是他们都叫他骡子尾巴巴克。我只知道他负责给骡子装驮，但是却不知道为什么他们这样称呼他。”

“对啊，”比利同意道，“他是负责给骡子装驮的。”

外祖父放下叉和刀，向桌子周围看看。“有一次我记得我们的肉都吃光了……”他的声音此时降得出奇的单调、低沉，降到他讲那些使人非常厌烦的故事时候所惯用的那个调门上来。“没有羚羊，没有水牛，甚至连一只兔子也没有，甚至猎人们连一头郊狼都打不到。那就到了一个领导人应该特别小心的时候了。那时我是那的首领，我必须时刻保持警惕。知道这是为什么吗？嘿，人们一旦感到饥饿，就要动手去宰杀驾车的牛们。你们会不会相信？我在以前是听说过的，有些队伍甚至把它们队里的牲口都吃光了。先从中间吃起，然后再从当中向两头吃去，最后再吃领头的一对，接着就吃末尾的。一支队伍的首领是不可能让他们做那样的事情的。”

一只大飞蛾不知为什么飞进了房间，不停地绕着煤油吊灯盘旋、飞舞。于是比利站起来，想要把它拍死，于是卡尔也兜起一只手掌拍去，捉住飞蛾，捏死了。然后他走到窗口把那只捏死的飞蛾扔出去。

“我之前说过，”外祖父又开始说话了，然而卡尔打断了他的话，“你还是多吃些肉比较好，我们现在都准备吃布丁了。"

乔弟看到母亲想要发怒了，外祖父又拿起了刀叉。"我现在很饿了，好吧，"他说道，"我以后再讲给你们听好啦！"

晚饭过后，这一家人和比利·巴克围坐在火炉跟前，乔弟惶恐不安地注视着外祖父，他看到了一些他非常熟悉的迹象：外祖父留胡子的头倾向前方，那双明亮的眼睛的严峻神色已经没有了，这时却在惊讶地看着炉火，瘦削而粗大的手指相互交插在一起，摆在黑裤子的膝盖部分。"我想要知道，"他又开始说话了，"我正想知道，我是不是之前对你们讲过，那些喜欢偷东西的印第安人，是如何把我们的三十五匹马赶走的。"

"我想你应该讲过了，"卡尔插进来说，"是不是正巧在你去泰豪县之前哪？"

外祖父飞快地转过身来，朝他的女婿说："不错，我想我一定已经给你们讲过那个故事了。"

"您已经讲过好多次了，"卡尔十分冷酷地说。他想躲开他妻子的眼睛，然而他仍然感到那一双愤怒的眼睛在盯着他。他于是说："不过，我还是想要再听您讲一遍的。"

外祖父转过身来看着炉火。他的手指本来都已经分开，这时又重新互相交叉插在一起。乔弟知道他其实有着怎样的心情，他的内心是多么空虚和消沉。不就是在那天下午乔弟给他叫作多嘴婆吗？然而这时他却表现得很坦然，很英勇，准备让人再次叫他多嘴婆。"开始讲印第安人的故事吧。"他轻轻地说道。

外祖父的目光开始变得严峻起来。"男孩子总是想要听听印第安人的故事，这本该是讲给大人听的，不过既然小孩子喜欢听，好呀，我们想想看。我之前是否给你们讲过，我是如何要求每一辆车子都应该带一块长铁板的？"

大家都不作声，只有乔弟说："没有，你以前没有讲过。"

"那好吧，当印第安人进攻时，我们总是将车子排成一个圆圈，并在两个车轮的中间打枪。在那时候我就想，如果每一辆车子都带一块钻上枪眼的长铁板，那么车子在排成圆圈时，大家就都可以将铁板竖在车轮的外边，这样就有了铁板防身，那么就可以少死些人。这样也就抵得上那些铁板的其它负担了。然而队伍并没有照办，由于以前一个队伍也没有这么做过。他们不理解，为什么他们要多费事。后来他们一生都在为这件事悔恨。"

乔弟看看母亲。从她的表情上就可以看得出，她根本没有听。而卡尔则在心不在焉地掐他大拇指上的老茧，比利·巴克却在看一只从墙上向上爬的蜘蛛。

外祖父的声音又开始降低到了讲故事的老调门上了，在故事未说之前，乔弟就准确地知道，会有哪几个字的声调要降低。外祖父把故事说得单调而低沉：一说到进攻，他的语气就变得很急促；而一说到受伤，语气也就变得悲痛起来；当说到大平原上的葬礼时，简直就像是一曲挽歌。乔弟坐在那儿静静地看着外祖父，发现外祖父那双严峻的蓝眼睛正漫无目标地看着，就好像他自己对那个故事也不是很感兴趣。

故事结束的时候，要暂时保持一段沉默从而对故事的余韵表示敬意，这时比利·巴克站起来了，直了直腰背，拉了拉裤子。"我觉得我该去睡了。"他说道，然后他转向外祖父，"我有一只老式的牛角火药筒在屋棚里，还有一根雷管和一枝弹丸手枪。之前我给您看过吗？"

外祖父点了点头。"是的，我想你应该给我看过的。比利，它使我想起我的那支率领人们跨越大平原时手枪。"比利恭敬地站着，一直等到他说完那件事，然后说了一声"晚安"，才走出屋去。

这个时候卡尔·蒂弗林想要换一个话题。"从这里到蒙特里一带的情况到底怎么样啦？我听说旱情非常严重呢。"

"旱得特别厉害呐，"外祖父说，"锡卡湖里甚至连一滴水也没有。不过还是比1887年好多了，那时整片土地就如同粉一样干。在1861年，我相信所有的郊狼都应该饿死了。今年还下过十五英寸的雨水。"

"是呀，但是这一切都来得太早了些。现在我们要有一点雨水就好了。"卡尔的目光又转到了乔弟的身上，"你现在去睡觉好不好？"

乔弟站起身来。"爸爸，我可以去追捕旧干草堆里的那些老鼠吗？"

"老鼠？噢，当然啰，应当全部杀掉。听比利说，剩下来没一根草是好的。"

乔弟和外祖父相互交换了一个暗暗高兴、心照不宣的眼色。"我明天就去把它们全都打死。"他许愿说。

乔弟躺在他的床上，想着那个印第安人还有水牛的稀奇古怪的世界，一个永远都不会再出现的世界。他是多么的希望他能生在那个英雄的年代里啊，虽然他知道他并不具备英雄的素质。也许，除了比利·巴克外，现在活着的人中间，还没有一个人有资格去完成那些前人都已经做过的事情。那个时期有一个巨人似的种族，他们都是一些无所畏惧的人，在今天他们的忠诚是不可能有的了。乔弟又想到那些宽广的大平原，想到那些如同蜈蚣一般穿越大平原的四轮车辆。他还想到了骑着白色的高头大马上，率领人们向前冲的外祖父。一个个巨大的幻影出现在他的脑海里，跨出地球去，然后就消失得无影无踪了。

没多久，他回到了牧场的现实中来。他听见那种空旷和寂静所带来的匆促而又单调的响声。他还听见从狗窝中传出的一条狗搔跳蚤的声音，每搔一下，那条狗就会用前爪在地板上碰撞一下。然后风又刮起来了，黑沉沉的柏树发出了呻吟声，接着乔弟就沉沉地睡着了。

他起床半个小时后，催人去吃早饭的铁三角才响起来。他走进厨房，看到母亲正在通炉子，以便让火焰窜起来。"你起得真早，"她说道，"你要去哪呀？"

"我要去找一根结实的棍子去，我们今天要去打死那些老鼠。"

"'我们'都是谁呀？"

"嘿，外祖父和我呗！"

"这么说的话，你已经拉他入伙了。每次你挨训要人家帮你分担的时候，你总喜欢找个人入伙。"

"我立刻就回来。"乔弟说，"我只不过要找一根粗实的棍子，早饭之后好用呀！"

他关上身后的纱门，走进凉爽的晨光中去。鸟儿在晨曦中唧唧喳喳地叫着。牧场中的几只猫，就好像直来直去的蛇一样，从山上窜下来，它们晚上都在捕捉地老鼠。虽然那四只猫都吃了地老鼠的肉饱了，却还是在后门前面坐成一个半圆形，装可怜地喵呜喵呜叫着讨牛奶吃。横木穆特同司墨雪沿着艾丛嗅下来，用十分严肃的态度执行他们的任务。乔弟嗯哨一声，它们就猛地抬起头，还摇着尾巴，迎着他过来，一边扭动狗皮，还在一边直打呵欠。乔弟一本正经地去拍拍它们的脑袋，然后就向那个经受过了日晒雨淋的废物堆一步一步地走去。他拣出一根破旧的扫帚柄和一块一英寸见方左右大小的短木头，接着又从口袋里取出一条鞋带来，又将两根木棍的末端给它们松松缚住，做成一个精致的连枷。他做了一次规模不大的试验，把他的新式武器呼啦啦的一声抢到空中，然后就啪的一声附落在了地上，两条狗霍地向两边跳了开去，生怕被主人揍到，连声地在那里哀鸣。

乔弟转过身子，开始下山了。经过住宅向那个堆放着旧干草堆的地方走了过去，把那片杀戮的场地仔仔细细地踏勘一番，但是那个耐心地此刻正坐在后门台阶上的比利·巴克却张嘴喊住他："你最好还是回来，因为只有几分钟就马上要吃早饭了。"

乔弟改变了路线，向住宅走来。他顺手把连枷靠在台阶上。"这玩意儿是用来驱赶老鼠出洞的。"他解释道，"我敢去保证，它们一定非常肥大。我保管它们肯定不知道，它们今天有什么灾祸要降临到它们的头上了。"

"不，你也不知道。"比利的话总是那么的富含哲理性的，"同样的是我也不知道，其他任何人都不知道。"

乔弟给这种思想弄得不知所云。可是他心里明白，这是真的。他的想象力便从猎老鼠这件事被岔开去了。这时他母亲也走了出来，在后门门廊上去敲那个铁三角，于是他所有的思想都被搅成一团了。

当他们坐下来吃饭的时候，外祖父还没有出现到餐桌旁。比利朝那张没有人坐的椅子示意性地点了一下头，说道："他还好吗？他不是生病了吧？"

"他通常要花很长时间来打扮自己，"蒂弗林太太随口说道，"他要梳理络缌胡子，刷净衣服，还要擦亮鞋子呀。"

卡尔一边把糖撒在他那份玉米粥上，一边说："一个曾经率领过一支四轮车队穿越大平原的人，怎么能不好好注意他的衣着呢！"

蒂弗林太太转过身来对他说："卡尔，不要这样，请你现在不要这样！"她的话音里语气表示威胁的成分多于请求，但是没想到的是这种威胁却竟然会把卡尔惹得更恼火了。

"咳，三十五匹马和那只铁板的故事，我究竟还得听上多少次？那个时代已经过去了，而且已经一去不复返了，它已经消逝了，懂吗？可是他为什么还是不能把它忘掉呢？"他越说越气，在不经意间，连嗓门也不自觉地提高了不少。"他为什么非得一遍又一遍地唠叨那些事情不可呢？他是曾经越过那片大平原的，这些都没问题，可是现在已经结束了。谁愿意去听了一遍又一遍呢。"

通向厨房的那扇门被人轻轻地给掩上了。坐在桌旁的四个人都被惊呆了，卡尔顺手把他那只吃玉米粥的匙子放在桌子上后，又用手指轻轻地来回地摸着下巴颏儿。

随后厨房的门又被打开了，外祖父便走了进来。他一言不发地对着大家微笑，眼睛斜着看所有人。"大家早安。"他说完之后，坐了下来，死死看着他那碗玉米粥。

卡尔实在不能保持沉默了。"您……您听到我刚刚说的话了吗？"

外祖父冲他微微点了一下头。

"先生，我不知道我中了什么邪。我可没有那个别的特别的意思，我只不过是和大家开开玩笑罢了。"

乔弟怪难为情地看了母亲一眼，只见她此刻正屏住呼吸死死看着卡尔。他今天的行为实在有些太糟糕，他竟然说了那样的话，简直是相当于把自己撕了个粉碎。或许对他来说，要去收回一句话，是一件非常可怕的事，更不用提含羞忍辱去收回，那就更会坏上百倍。

外祖父朝一旁看去。"我很想弄明白一个道理。"他轻轻地对大家说，"我真的并没有生气，也真的并没有介意你的话，不排除你的话，也许是对的。我倒还是应该去注意的。"

"那是不正确的。"卡尔说道，"我因为今天早晨不太舒服。所以我现在非常懊悔我说了那样的话。"

"卡尔，你不必去懊悔。一个老年人有时也是会不那么的明事理的。也许你说得对，穿越大平原的事早已经结束了。或许那种事情是早就应该忘掉的，更何况它现时早已经结束了。"

卡尔从桌旁站起身来，说："我已经吃饱，要去干活了。比利，你不必忙。"他便匆匆忙忙地走出了吃饭间。比利也忙吞下还没吃完的那些东西，连忙跟着走了。但是乔弟却不能离开他的椅子。

"你还要讲故事吗？"乔弟问外公道。

"呵呵，我当然要讲啰，只不过是要在……我首先确信人家想要听的时候才讲。"

"外祖父，我喜欢听。"

"噢，你当然喜欢听啰，只不过你只是个小男孩子呀。而这些都是大人们的事，可是为什么却只有小孩子才喜欢去听呢！"

乔弟从座位上站起身来。"外祖父，我去外边等你。我已经给那些老鼠准备好了一根非常结实的棍子了。"

乔弟一直守在大门旁边去等着。待外公走到门廊上来的时候，他便喊道："我们现在就去打死那些该死的老鼠吧。"

"我认为我还是在这儿太阳底下坐坐然后晒晒太阳好了，乔弟你自己去杀老鼠吧！"

"你要是喜欢，你就可以用我的那根棍子好啦！"

"不，我还是喜欢在这儿坐一小会儿吧。"

乔弟闷闷不乐地转身走开，朝着那个旧干草堆径直走去。他原本打算用那些肥得走油的老鼠来鼓励自己有足够的劲头，他先把连枷往地上打去，那两条狗在他的周围不停的哼哼唧唧，四处摇尾乞怜。可是他却不想继续走了，他转过身来朝住宅望去，他看见坐在门廊上的外祖父，他那个样子，看上去又瘦、又小、还又黑。

乔弟不想继续干了，他走过去，便轻轻地坐在老人脚边的台阶上。

"你都已经回来了呀？你把老鼠杀干净了吗？"

"外祖父，没有，我改天会抽时间再去打死它们的！"

早上的苍蝇贴近地面在嗡嗡地乱叫，蚂蚁在台阶前边忽忽匆匆地爬来爬去。山上不断飘下一阵浓郁的艾草丛的气息。那门廊的台板在阳光中变得越来越暖和了。

乔弟不知道外祖父是什么时候才开始说话的。"我认为我不应当在这里就停了下来，"他仔细地察看他那双强壮有力、但却已经衰老的手，"我好像觉得穿越大平原是不那么值得的了。"他的目光已经移到了半山腰，将目光转落在一只老鹰的身上，那只老鹰此刻正纹丝不动地歇在一根枯枝上。"我说的那些曾经的陈年旧账，其实并不是我真正想要说的，我也深深知道我讲那些故事，是多么渴望人们会有所感触啊！

"重要的并不是那些印第安人，也不是那些所谓的冒险的经历，甚至也不是从这里出发，真正重要的恰恰是组成一只巨大爬行动物的那一群人，我只不过是那群动物的头。它们一个劲地朝前方行进，向西方行进，虽然各人有各人的需求，但那只由各个不同人组成的巨大动物，那时候却只有向西行进的需要。我作为首领，当然，我如果不在那里，也会由其他人做首领的。世界上任何东西都不能没有一个头啊！

"就在那些小小的树丛的下面，就算是在大白天，影子也会是漆黑的。当我们最终看到那些大山时，我们大家都激动地哭了。可是最重要的原因并不是到达了这里，重要的是在西进运动中，是西进运动的那种精神。

"我们就像蚂蚁搬卵那样，把所有生计都带来了，并且全都各自安顿了下来。而我作为首领。向西行进就和上帝一样的伟大。一个个缓慢的步子积累起来，叠加起来，才构成了这一个伟大运动，最终穿越了整个大陆。

"之后我们便来到了大海之滨，这就结束了。"他停顿下来，轻轻擦了擦腿睛，把眼眶都擦红了，"我应该讲的只是这些，而不是那些让人厌恶的故事。"

"或许有那么一天，我也会带领一群人的。"乔弟轻声说。当他说话时，外祖父吃了一大惊，向下瞧着他。

老人微微一笑。"最后实在没有地方可去了。大海挡住了你的所有去路。大海沿岸有一大批痛恨大海的老人们，因为大海挡住了他们所有的去路。"

"外祖父，那你们可以坐船的。"

"乔弟，真的没有地方可去了，一切地方都被人占住了。但这真的还不是最坏的，——对，它不是最坏的。最坏的是，人们那时候已经丧失了大部分那种西进运动的精神。向西而去，再也不是那么一种如饥似渴的要求了，对于他们一切都结束了，你的父亲说得很正确，完了。"他把十指交叉插起来，搁在膝盖上，目不转睛地看着它们。

乔弟觉得非常伤心。说："你如果愿意去喝一杯柠檬水，我可以给你去调一杯。"

外祖父正要开口拒绝，就在这时，他看见了乔弟的脸色。"这太好了，"他说，"是呀，喝上一杯柠檬水真是好极了。"

乔弟跑进厨房，他的母亲正在清洗早饭用过的一只碟子。"我可以要一只柠檬去给外祖父调一杯柠檬水吗?"

母亲学着他的口吻说："你应该再要一个柠檬，也给你自己调一杯柠檬水。"

"不了，我不要，妈妈。"

"乔弟，你生病了吗?"这时，她突然停了一下。"你从冰箱里拿一个柠檬去吧!"她轻轻地对他说，"过来，帮我把榨汁器拿下来给你。"